刘成信/主编

中国杂文

ZHONGGUO ZAWEN

（百部）卷一

秦似集

QINSI JI

吉林出版集团股份有限公司
全国百佳图书出版单位

图书在版编目（CIP）数据

中国杂文百部．当代部分．第1卷．秦似集 / 刘成信主编；秦似著．-- 长春：吉林出版集团股份有限公司，2013.1
ISBN 978-7-5534-1141-5

Ⅰ．①中… Ⅱ．①刘… ②秦… Ⅲ．①杂文集－中国－当代 Ⅳ．①I26

中国版本图书馆 CIP 数据核字（2012）第 288549 号

秦似集

QINSI JI

出版人 吴文阁
作　者 秦　似
主　编 刘成信
责任编辑 金方建
封面设计 梁文强
开　本 650 mm × 950 mm 1/16
字　数 75 千字
印　张 11
版　次 2013 年 3 月第 1 版
印　次 2020 年 5 月第 1 版第 3 次印刷
出　版 吉林出版集团股份有限公司
发　行 吉林音像出版社有限责任公司
吉林北方卡通漫画有限责任公司
地　址 长春市泰来街1825号　　邮　编：130062
电　话 总编办：0431-86012893　发行科：0431-86012770
印　刷 三河市华晨印务有限公司
ISBN 978-7-5534-1141-5-02　　定　价：28.50 元

《中国杂文》(百部)
总 序

刘成信

一

人类的文学艺术,源远流长,丰富多彩。随着社会的推进、发展,其分门别类日益精细——从最初的歌曲、舞蹈、神话、故事等逐步演绎出诗、散文、小说、戏曲。直到上个世纪初,科学技术与文学艺术融合,又有了电影、电视剧等。

有一种文学艺术虽然在中国问世两千余年,由于后人未给予"名分",以致到二十世纪初,才从文学艺术谱系中分野出来,这就是古老而年轻的杂文。

人类和自然界大体都遵循适者生存的法则萌芽、生长与消弭。两千多年来,杂文本应与小说、诗、散文、戏剧、音乐、电影等姊妹艺术一道,繁花似锦、根深叶茂。然而,它没有像先贤们渴望的那样,而是纤弱,时生时灭,时有时无,同其他汗牛充栋的文学艺术作品相去甚远。

二

时序到 1915 年,中华文学艺术宝库迎来新曙光,一个精灵出现了——杂文在多灾多难的中华大地,被一些先知先觉的知识分子接受了!

杂文这个新成员一俟来到华夏，其特性便与众不同——首先是符合社会发展规律，它主张顺应历史潮流。它不重复生活，不还原历史，不演绎过去，而最突出展示将来，预期社会走势，判断人间是非。

杂文一俟来到华夏，便告之，它向往和平、民主、科学、自由、平等、人道、富裕及真善美；杂文憎恶专制、昏聩、愚昧、野蛮、特权、贪婪、奴性、虚伪及假恶丑。杂文与其他文学艺术既相通又有自己的特性。

杂文一俟来到华夏，就融于文学大家族，与各种文学艺术形成天然的血肉联系。它不像小说刻画人物，而是粗线条勾勒人与事；它不像诗、散文等那样纤细、抒情，而是明白如话，开诚布公。但杂文能够调动各种姊妹艺术如寓言、故事、说唱、戏曲、元杂剧等“为我所用”。

杂文一俟来到华夏，它就友好地“拿来”社会科学乃至自然科学的多种文化元素。它不是政治学，但只有不迷失政治选择，才能解析身边社会的变数；杂文不是社会学，但只有掌握瞬息万变的时代脉搏，才能适应人间丛林法则；杂文不是历史学，但人总应拨开历史雾障，略知历史长河的走向；杂文不是生理学不是心理学，但它能解剖人性、解读人生、理顺人际关系；杂文不是方法论，但它无处不闪烁思想方法光芒；杂文不是文艺学，但它评价文艺现象既深刻又形象；杂文不是美学，但每篇优秀杂文无不抨击假恶丑，无不向往美、赞扬美……

理解杂文、认识杂文，才能与杂文为友，才懂得杂文的大爱。杂文真的是半部百科全书。

三

杂文打捞历史风尘，知耻近于勇。杂文对于文化批判，社会批判，历史批判，人性批判，世世代代惹来不知多少是非。

嫉妒杂文、讨厌杂文者，甚至欲将杂文从百花园中斩草除根，所以，杂文往往难以长成大树，多少代都不能像其他文学艺术那般枝繁叶茂。有人说杂文偏激，有人说杂文片面，有人说杂文招惹是非，更有人对杂文产生各种各样的误解。以至于把杂文称之为乌鸦，恨不得把一切不祥之物都推到杂文身上。

杂文，曾为作者“惹”下多少祸根，有人曾因杂文葬送自己的大好前途，多少代杂文人曾为自己带来难以洗清的污秽。

然而，实践证明，杂文只能为民众造福，世世代代多少志士仁人，曾为杂文洗刷了一切不实之词，它为人们启蒙越来越受人们欢迎。

四

本书作者共计三百八十位，分当代、现代、历代。

我们试图把1915年《新青年》“随想录”诞生前的杂文划为历代，1915年到1949年划为现代，从1949年到当今划为当代。

1915年“随想录”之前称之为杂文，主要是根据作品性质、特点，而不是按刘勰在《文心雕龙》所谈的“杂文”。

当代作家选五十位，每人一部杂文，五十篇左右。另有合集十部，每部二十几位作家，共二百多位作家，四百多篇作品；现代作家二十位，每位五十篇杂文，七万多字，另有四十多位杂文作家，十部合集；最后选七十多位历代杂文作家，均为合集，每篇作品都有注解、题解、古文今译。

当代五十位杂文作家大体是根据五点遴选的。

一、杂文创作时间超过二十年；二、曾创作有影响的杂文作品在三十篇以上；三、曾创作经典性杂文作品；四、作品强调思想倾向的同时，艺术性也不为之忽视；五、曾在国内组织带领作家创作杂文卓有成就者。

二十多年来，我曾在助手们协助下选编各种版本杂文集五十余部，选编如此大型杂文丛书，对我是一种尝试，深知其难度。这部《中国杂文》（百部）整整花费我四年时间。杂文作品浩如烟海，读数百册杂文集、数百万篇杂文作品，难免挂一漏万，特别是这部大型丛书在国内尚无参照系，错讹在所难免，恭请诸位指正。

选编者 2012 年 11 月 10 日

于长春杂文选刊杂志社

目录

《野草》月刊发刊语

I. 鲁波尔在他论及高尔基的一篇短文里面，对自从十八世纪新的“生活主人”上台之后的文学，作了这样的说明：“在文学里，产生了人的变形，有一种人的脸变成了‘资本主义的兽脸’，另一种的脸在苦难中变得畸形了。”

这也真说着了一些文明国家的进步作者。赛珍珠把中国的抗战比喻为禽兽放弃巢穴而避免危难于先，佛烈达渥地利谩骂苏联之国家“占有”土地与德意志之国家“统治”土地为“一丘之貉”于后，而木户幸一更早在“中国事变”后不到一年，便苦心孤诣地证明了大和民族的文学最初而且最精彩的是所谓《国风》，即和歌，开头一篇就是《宫廷篇》。但半殖民地半封建而又正在苦难中挣扎的中国，其文学情况正如政治情况一样，是不同于这些文明国家的。我们的革命现实主义作家，在他们作品的主题与形象里面都创造了“人”，歌唱了“人”，改变着一大群苦难者的“畸形”的脸貌，要使他们从俯伏着的奴隶地位站起来。无论成就如何，已经在这道路上行进总是确实的。

然而我们有些人虽然自称善于憧憬光明，却同时也善于忘怀灾难。前线和敌占区正在一枪一弹搏击敌人，在后方倒有人穷奢极乐，富丽豪华，坐汽车上馆子，运私货发大财，口里说的是抗战建国，心里想的甚至手里做的却可以是抗战建家（这里抗作动词战作名词解）。这些人只感兴致于《叫我如何不想她》或《山在虚无飘渺间》之类的女声独唱，文学当然是多余的。如果他也看看，那就正是把兽脸涂上了化妆粉，使奴隶戴上了隐身符或者是涂白了鼻子的一类。为了这些杰出的人们，和他们的公子哥儿、帮闲们和帮忙们的兴趣，这一类读物真是鸿运高升，方兴未艾。爱伦堡曾将这类精于鉴赏者们比喻作精于食事的食客，他们所爱好的是一盘腐臭的野鸡。林语堂先生最近又在《生活的享受》上面给我们指点：中国人的精美食谱，同时就是良药。他还给我们考证出来，中国人素来对于病都是“先以食疗，不瘥，然后给药”的。所以即使同是野鸡吧，于外国那些杰出的英雄们不过是贪奇嗜野，而于中国的这些，则还有养身息生的功效——一服极度温和的镇静剂。

在这样的时势下面，我们却办了小小的《野

草》。

命名《野草》，用意所在，并非全然因袭，也说明着我们对这样一个小小的东西，并不存什么奢望，自己先给它一个卑之无甚高论的名号。野草虽然孕育于残冬，但茁长和繁殖却是必需在春天的。如果严冬再来，它自然还得消亡。“野火烧不尽，春风吹又生”，这固然说明着草莽之类的顽强，然而也同时是自然的机械循环的悲剧。这种机械的循环，于人类倒不能类推的，大抵人间的春天到来，严冬也就永远死灭。不过这已经说得太远。“野草”目前只是芜杂丛生，荆莽交错，既无花果之望，亦无枝叶之阴，并非大树，因之也没有什么什么风了，不能供给若干悠闲者们乘凉，是显然的。它只希望给受伤的战斗者以一个歇息的处所，让他们退到野草里，拭干伤口的血痕，略躺一会儿。如果因疲劳而至于饥饿，则挖几把草菇，也聊胜于无。虽然没有维他命，更不能同时做药，倒是可以恢复一些元气，再作战斗的。至于原本就很健康的人们，自然也可以到这原野上呼吸一些苍葱的气息。呼吸不像吃大菜同时吃下良药一样方便和简单，它既不甘香，也还须用力；但如果肺部不健全，却正需要一些野气息，餐必肥甘补品，并不足以保证深在内脏的溃烂面不扩大起来。

这里不是锋镝所在，不是作战的前线，然而却划了一道“人”与“兽”的分界。如果畸形的受难者们正立起来的时候，兽脸就将被刷清或者自己藏起来。

我们知道，今年 11 月 12 日便是中华民国国民大会开会期间，将决定民国的“前途”和国民的“命运”，而在这之前，大不列颠帝国限日本于 10 月 18 日以前结束“中国事变”！在这样紧迫的时势下，弄一点笔墨，比起正在用血去淤塞侵略者的枪口，用生命去争取民族的自由的一大群青年人，正如倍·柯根所说，是“以花边去比喻枪炮了”。然而《英伦的雾》以至《美国人的狗》一类的东西正大量地在印，这事实又教育了我们，即使同是花边，也还有硬软好坏的分别，有的只准备给太太们做裙带，有的却可以替战旗做镶嵌。加以上面所说的种种，就刊行这样一个小小的刊物：《野草》。

1940 年 7 月 5 日

这便是憎恶……

报载，上月 28 日，上海霞飞路上，发见了“钞票满天飞”的奇迹。据说是一位不知名的外国人，从某大厦的屋顶上，向街道中一张张抛散十元纸币，以观赏途人争拾为乐。而新闻记者加按语曰：“在生活程度剧涨的今日，这位外国人可谓是少有的慷慨，给现社会一个很大的讽刺的了。”

究竟这些“争拾”的“途人”是些什么人，不经眼见，很难确定的。而因此就推测必然是生活困难的下等人，未免也属臆断。箪食壶浆，弗得则死，呼尔与之犹不受；何况居高临下，大散金钱，其凌人之气更岂止于“呼尔”。但对于惯于做梦的人，这才是白天里的一场欢喜梦，照推测，必然争先去抢拾的，这之中也许有穷苦的下等人，但更多的是原来就希图着不劳而获，仰人寄生的市侩和有闲者。原因大抵如此，与人之上下等是无关的。因此散钞票的人观赏的也尽是一个个翘高屁股，喘着大气的瘪三、落魄文人之类的满脸佞谀相，乐，是未之有的，新闻记者按语说这位外国人有神经病，大概属实，否则在上海这地方，化几毛钱就可以看少女的大腿，要上算得多了。

在现在的社会，许多人穷奢极侈，更多的人生活在他们的奢侈或奢侈之余中，这是不特外国人，中国人也是，不特洋场，僻壤的农村也是如此的。都市里面叫舞女，姨太太，在农村中就叫“小家碧玉”，洋场上洋人和买办所享受的，在农村里不过变淳朴些，原始些罢了。被奴役的或寻乐的对象，穷人和女人，做了奴隶。另一方面，有一班人则为享乐者所豢养，这是奴才。历来的奴才，望着上面赐下的小恩小惠，大多是得意忘形的，自然由上面来的也有虐待与侮辱，但他们又很善于把所受到的压抑，转嫁在自己底下的奴隶身上，便觉得非常的轻松了。归根结底，还是下等人倒霉，天下间如果没有奴隶，奴才不但傲不成，而且也不会像目前的惬意的。有外国人在楼上散钞票，于是乎恭维这是少有的慷慨，并断定是给现社会一个很大的“讽刺”的了，这正是奴才的面目。

龚自珍出使到蒙古时，心花大放，在《说居庸关》上得意洋洋写道：“使余声赵宋世，目尚不得睹燕赵，安得与反毳者相撾战乎万山间？生我圣清中外一家之世，岂不傲古人哉”？惯于奴才的生活，一旦吸着一些自由空气，还不忘打躬作揖，感谢主子。其安天乐命一至于此。我曾看过一张以美国南北战争为题材的影片，里面描写白人不让黑人有武器，而那个高大的黑人会长就首先把武器缴去。因为即使投降，也仍然管辖着黑人，他的地位是不至于变更的。不久之前，达拉第提倡改善法国工人生活，而据《宇宙风》上某君的巴黎战时日记所报导，则最近巴黎工厂里面的工人发生不断的殴斗。感谢恩德的工人和并不满足于“改善”的工人在法国存在着，因此使法国的奴隶分化。这就说明了德意志人还在巴黎之外，法兰西上等人便宣布巴黎为不设防城市，终于屈辱媾和，在残山剩水之间，施威行令，而为什么下等人还能承受这双重的压榨和枷锁。——如果没有对达拉第的“改善”表示热心的人们，是不能达到这一步的。

奴才就是这样地不断作用于奴隶，影响奴隶；做牛马的年代已久，回复到感觉自己的“人”的身份，本来是一个曲折的困难的过程。而加以奴才们多方面的诱惑，诳骗，就渐渐觉得压榨和迫害也是合理，小恩惠也是难得的了。直到现在，储蓄彩票和文学奖金不是还在使许多穷人强烈地兴奋着么？这就是我们还不敢断定霞飞路上争拾钞票的没有下等人在内的缘故。社会主义革命以前的俄国也不免这样。高尔基写这一种农民：

“当地主偶尔称赞农奴为英雄的时候，农奴因此就用谀言丑态来奉承地主，钦佩他们的智慧，辩护他们的残酷，默认他们的权柄为合法。”他们希望着一些生活上的改善，改革，而把希望寄托在幻想上，或者用尽毕生劳力在“上进”的路上爬，——这也就是产生奴才的道路。爬上去了的，那是奴才，他会说他的知识才能都胜过那些爬不上，还被压在更下面的。但爬不上的倒是最大多数，因为生产不合理的社会制度，正像一座千人塔，必须下面有许多被骑的人，上面的人才不会掉下来。

这个秘密是不能让下等人懂得的，否则他们就会不再相信宿命，不希冀恩惠，而感到自己是最后的受害者，起来反对伪善，揭开欺骗的外衣。也正因为他们是最后的受害者，找不到替身，因而从他们发出的要求，往往最激底和最深刻。为预防计，所以古今中外的专制统治者和奴才都恪守“民可使由之，不可使知之”这老法子：圣君之治，“非以明民，将以愚民”，就是这样意思。人民愚顽无知，混混沌沌之后、对于“慷慨”的布施只知感谢，而无所知觉于麻醉及诈欺，也无所反抗于榨取和迫害了。

不幸的是，愚民政策虽然制造了不少的文盲，却没有征服民心。从有等级的社会开始起，下等人就有了他们的心声。“风，下之所以刺上也。”三百零五篇《诗》，竟有不少出于民间的徒歌。而“三百五篇，遭秦而全者，以其讽诵，不独在竹帛故也”。秦始皇可以焚毁许多士大夫之作，人民的心声却无法格杀。到了朱熹加注，才都变成“淫妇荡子，淫奔期会之词”。可见奴才钳口征心的成绩，有过于统治者的。然而即使这位士大夫竭力冲淡、洗灭有等级的社会的不平，这不平还是在事实上表现它自己，而最下等的人们，却是看得清清楚楚的。

人民要站起来，首先要摆脱奴才们的影响。消灭对于小恩惠的憧憬，代替以坚决的，彻底的“人”的自觉与自尊。年代的前进，使奴主与奴才的恶声日益衰沉，被迫害者的反抗之声日益高亢，双方的营垒，在今日已完全改观了。

假使我们又热爱，则热爱就付予人民的站起，民主政治的实现。而疾视那些躲藏在侵略者迫害者的墙垒下面，只欣幸于一片面包一根骨头坠下来的奴才，这便是憎恶……

1940 年 7 月 6 日

祭鬼和招魂

作了两点钟生活上必要的劳动力的出卖之后，惯常总爱在归途上慢步溜达，看看街景，使紧张而疲劳的肌肉松弛一下；这两天晚上，靠南门一带的住户大多忙着烧钱，一条平时漆黑的南环路，顿然变得四边发亮，熊熊的火焰，东一堆西一堆升起来。我边走边想：“啊啊，原来是中元节又已经到了。”

照我们乡下人的沿习，把中元节叫做鬼节。据说一年之中只有这一天，所有的鬼们都得到阎王恩赦，回到本家享受生人的祀祭；因此这一天的仪式是非常隆重的。我懂得人事之后，我们的一乡因为开通的缘故，繁缛的仪节已减省了许多，几乎只剩了简单的供祖了；但从曾祖母的口中却常常听到：从前是在初六七便开始凿钱，折衣物的，恐怕祖先打蹩脚，还要印许许多多的马。那个一尺见方的马印，我小时还常常拿来做泥饼模。现在的人已经学会了坐汽车，大概打蹩脚的或者高贵的鬼，也一定乘着汽车回来，根据这一想头，我们乡下也有些人改了烧纸扎的汽车的。

如果祖先是有什么罪孽的，据说，阎王便不放回，不过有一种补救方法，就是招魂。做儿孙的，用空心的长长的木瓜叶柄做成笛管，吹出 Nom—Hom—do—Ho，Nom—do—Ho 的声音，一遍又一遍地，十分凄厉；我们的村里是没有谁家吹的，大概由于祖先是书香世代，不曾有过罪孽的缘故。我只听见过两里路以外的宋屋里吹出来的声音，时间必须在晚上黄昏之后，因为冤魂要这时候才好回来，怎样回来的，自然谁也不知道，然而每年这种笛子总得从端午节过后便吹起，直到中元节的一夜，说是死者的阴魂已经回来才停止，深沉地继续吹了两个月，却是清楚存留在我的记忆中的。

我曾经问过老的曾祖母。宋屋是怎样造下这么深重的冤孽的，大概年代已很久远，连她也不大了了了，只这么回答我道：“宋屋的祖先是种别人的田的，但后来，不守本分，和人家吵起来……呵，呜，被打死了的！”她说到后面几个字，声音特别低，充满了莫名的恐惧。不过随即又张了张手，用吓唬我的方法：“唔，那是些凶孽！”她的眼睛就定着定着的，凝住了。

往后的好几年，我住在城市里，广州也有招魂的，但情形和上面的不同。即使很穷的人家，也只用了几碗干净的素菜，让道士们招荐；不像我们那边，穷人的子孙背负着罪孽，沉重地凄切地吹那呜咽的管子。在桂林遇到过的一两回“招大魂”，却更加两样：一大群又像鬼类又像道士的人群，前呼后拥，锣鼓喧天，在后面绑了红头巾的主师，还扬着桃木粗鞭，沿途鸣拍，意在驱赶孤魂野鬼，使和本家的亡灵区别开来。——即使是鬼魂，畛域还是非常清楚的。

人间的贤肖子弟，也真正想得周到而玄妙，自己的祖先，不特在生人的世界居人头上，立功德，建勋业，死在地狱后，也还收到阎王另眼相看，作成“亡灵”，把那些冤孽鬼，抑挹鬼，孤魂野鬼踩在脚底下，或者推开一边，昂首阔步回来受祭奠。然而，据传说，冤死和凶死的人，却要变成厉鬼，被刀杀死的，便执着刀，有孩子的女人，便抱着孩子，或则血肉淋漓，或则满身斑结，不管是被滥屠，被虐杀，被生地活埋，总是充满了仇恨，样子最骇人的恶厉鬼。因此那些善于设想的贤肖子弟，又还得设下一道对阴魂野鬼的心防，世界还是得不到平静的。

我躺下来，好像那幽咽的招魂笛声又重新在耳边响起来了，Nom—do—Ho—o—o—o—o……非常凄厉，一遍又一遍地。

1940 年 8 月 18 日

人语与鬼话

如果世界一切作为人的语言都湮息下去，只剩了鬼话，是很荒凉的。可幸这种情形倒不曾有过。古希腊的讽刺作家琉善曾经写过三十章鬼话，但即使在他的作品那完全黑暗了的背景里，也还有代表“人语”的一种鬼的意见在。譬如第十章上面就有着这样的一段对话：

暴君（鬼）：我是某国的暴君。

黑梅斯（鬼）：到了这里，要这许多好看东西做什么？

暴：怎么呀，你要暴君脱得干干净净才到这里来么？

黑：一位暴君么！你当暴君的时候，我们原不敢这样烦你。但是你这个时候是一个鬼，我们却对不起了。请你都脱下来！

暴：我都脱下来了，富贵都完了。

黑：你还有架子，还有骄傲，也都要去了。

暴：你至少也让我留住我的紫袍王冕。

黑：不能，不能，都剥下来！

这已是第二世纪的作品，如果是出于二十世纪四十年代的什么作家的手笔的话，这段话是在删除之列的。虽然所谈的不过是鬼世界。

近在手边就有一个例子。1940 年 3 月 24 日的早晨，在未亡的法兰西的一个法庭上。有几个人据说是犯“叛国罪”，推出来审判了，法官首先问什么职业，一个囚犯回道：“议员。”

法官：“你不是一个议员。”

囚犯：“对，议员的权利已经被剥夺了。”

另一个囚犯：“必须达拉第到场，他指我们是卖国贼，然而卖国贼恰恰不是我们，是那些出卖奥大利、捷克和西班牙共和国，并鼓励希特勒侵略的人。”

在群众的骚动中，警卫队的拉雷阿提上校愤愤地咆哮起来：“我不准别人说政府是在竭力破坏和平。”

另一个声音爆裂了，是被告的辩护律师哲瓦士对法官的提示：“人和禽兽的分别，就在于他有言语的力量。”

这里所提示的“言语的力量”，是用“人”的资格来抗议迫害的尖锐表示。要用人语击退专横，是显然的。

然而这到底已经是三月间的事，时势演变得真快，又三个月之后，“巴士底狱”以来，共和了一百五十年的法兰西这才真的被卖掉了。谁卖的，似乎还是悬案。因为在我们这边，另一个共和国的自由人们，又正大发其议论：说是法国之亡，实由于什么之类的怠工或反战等等。所以这些人们一面在哀悼花都丽国的颠覆，一面也就着重于现身说法的卫道；或则在介绍福煦元帅的名著中郑重声称："法国当时之国民战争，与吾人今日之全民抗战，同其裔本"，或则娓娓动听地轻描淡绘一下:法国是世界上最文明的国家，一切都成功，为别国所羡慕。"其实哪里止呢？实际情形还要比表面好百分之二十。"若夫直截了当的爽快话，只有一句："所以民主终底要亡了国！"

定论还在混沌中，没有得出来。不过这时候常常浮起一两句人语，为那些虫沙般的蚁民鸣冤。但同时也有胜者的嘲笑：通讯社传出的消息，巴黎人民一再凋萎，面如菜艾了。戈培尔提取精义，得了很好的播讲资料："法国人在血统上及精神上都含有很重的黑人分量，现在已充分的表现在外。"这同时又成为了我们这边的黄色人种的笑料。败亡者之于我们，是有定谥的，曰"贼"，如果不是一时可以剿清，则冠以"流"，至若奚落以肤色的贱种的，还要算这次最早。可见虽然自称"本裔"，就文明程度说，却是不自量的攀亲。

但奚落的对象仍然是有畛域的。被嘲者是虫

沙的小民；一般如猿鹤的君子呢，自然还做稳可以飞也可以走的白种。所以当戈将军（这里是另一位）正在巴黎的国立图书馆大阅档案的时候，维琪的赖总理却可以为着防范占领区里的“游民”的叛乱，向德国请援。这事实，使人鬼弄个分明，各各负着应负的责任，同时也证明了这边的自以为正人君子的匡时之论也者，其实也是鬼话。虽然穿起袈裟，俨然救主，实则连毛孔也满藏毒箭，自己还没有站起来，已经对着那些在迫害者的凌迟之际而尚未气绝的人们射过去了。

自然没有射死，于是再来哗啦一番。这次是说法国人只会弄文学和艺术，自由而又浪漫，当然只好亡国了，要救国唯有高度的“集中化”，又名“战时体制化”。然而其实这与事实又是不符的。不特远在去年8月达拉第便禁止了由巴比塞创办，作为国际作家协会法国支部的会报《和平与自由》，而且连有名的龚古尔文学奖金，法兰西学院奖金等等，也由于文学作品的缺如而考虑停止审评了；驰名的《精神》周报改了月刊，篇幅还得由三百页缩裁为三十页；报纸的文艺副刊则是明令取消的。一种以绍介新书为主的杂志，自动停刊，因为文坛干净到几乎一本新书都没有，无从评起。有骨气的出版家停业了，剩下的便挂起招牌：“国难时期要求特别飘逸和艳冶的文学，描写灵魂阴暗的女人或者寂寞的男人的。”这些招牌甚至挂到兵营里面。然而就是这一类作品，也没有写出来，作家不是逃亡和下狱，便是当书记或者尘芥般的办事员去了。

在这种情形下，是嗅不出自由的气味的，同时也正便利于东方西方猎狗们的狺狺。坐在维琪小朝廷里面的官绅，享着资本主义最末的火烬的余炎，用这火烬，由别人的手焚毁了第三共和国，又由官绅们自己的手，火葬了和火葬着锋镝之下的流浪民，逼使他们没入海洋，进入地窖，然后再摆出悠然自得的架子，在完全黑暗了的地狱中，坐上完全黑暗的宝殿。

然而这却是每况愈下，困顿而犹以为有余地的处境。人语是被抑杀了，但魍魉的嗥嚎也不见得能够传开去。看日益逼近眉睫的事实，却是无声的巨响在震撼着这烽火之邦，那便是黑梅斯的一句老话：“都剥下来！”

1940 年 9 月 14 日

国际随笔

——吊张伯伦先生

张伯伦先生逝世了。半年之前还显赫一时，代表一种主张而震动了欧洲以至全世界的张伯伦先生，9日晚在私寓溘然长逝了。读路透社的消息，仅十六字，语焉不详；逝世之前一日，也仅由他的夫人送致路透社一则关于病笃的简电。欧洲人士甚至英国人士，对于一位最近还纵横捭阖的人物的逝世出以这样冷漠的态度，实在是极值得深思的事情。

原因之一，也许是他不死于“干涉政策”缢死西班牙人民阵线的时候，不死于罗马微恙归来，“绥靖政策”正在震荡人心的时候，相反，他的死恰好在战争凌迟了欧洲，妥协外交已经声名狼藉的现在，即使奉“现实主义”为圭臬的人们，也只好默然无声了。但主要的一面，却实在由于历史的残酷。据说张伯伦最为人所不及之处，是他那圆滑老到的外交手段和不易怒、有涵养的“政治家风度”，所以他成为顽固派的主张的最坚定的代表人物，甚至曾博得英法某些热衷于民主的人士寄以若干的幻想。然而他的“涵养”并未使他完成他自己标榜的“使欧洲从战争的威胁与恐惧中拯救出来”的宏愿，只使他达到了历史上反动的峰顶。是的，他能够于德国征服波兰之后，在国会里要求大家必须假定是波兰征服了德国；然而正如伯纳·萧于一年前所说的：“辩护士的责任不在发自己的牢骚，而在博取陪审官的同情，这次的陪审官便是全部欧洲，一部分亚洲，和美国。”

如果今日的西班牙人民不得不在佛朗哥的迫害下打熬着，如果今日奥地利、捷克的全部、波兰的一部分的人民不得不呻吟于希特勒的铁蹄下，甚而至于今日的希腊人民不能不单独对抗意大利，那这一切良民们都应该记起他们所得到过的保证，不会忘记拒绝和平阵线的不干涉主义者和绥靖主义者的德行。

如果今日的大部分法国人民不得不过着付偿战费的生活，今日的不列颠兵士不能不在海峡以至非洲丧失他们的生命，他们最好能记起来，在战争之前还有着和平的机会，即使不能不战争，也还有着人民自己主宰这战争的机会。有人说，希特勒创造了战争，张伯伦遏止了战争；而战争之最终要爆发，或者张伯伦的最终要承认战争爆发，是“惟其义尽，所以仁至”的表现，是一种苦心孤诣、先天下之忧而忧的美德的表现。我不想争辩希特勒的放火和张伯伦的容忍放火谁更值得痛恨，我只想剖明张伯伦为什么不能不容忍放火甚至是事实上的放火者的苦心，这种苦心究竟有多少权利要求世界正直人士叱斥希特勒主义而曲原张伯伦。

张伯伦没有改弦易辙，是众所周知的事情。然而这并非他没有改弦易辙的机会，他原有着足够的时间和足够的劝告使他改变政策的：

要是没有苏联的援助就去援助波兰，等于自投罗网……我要求政府采取紧急的步骤去获取苏联的同意，同盟，协定，公约——不管它称作什么，只要它是一种共同对付侵略者的谅解。若办不到这点，我们便承担了一个可怕的赌局，一个极危险的赌局。（劳合乔治 1935 年 4 月 3 日在下院的演讲）

他（张伯伦）对着德国的巨大军力去保证波兰、罗马尼亚和希腊。我是第一个在下院唤起大家注意这件事的，我曾斥责这个没有俄国的军事援助而允许的保证，为绝顶的疯狂……（劳合乔治语，1939 年 7 月 27 日发表于《星期快报》）

甚至于他同党的丘吉尔也在 1939 年 5 月 4 日的《每日电闻》提出警告：

除了俄国的实力援助，再没有其他方法能够

在东欧支持一个反纳粹侵略的战线。

张伯伦没有在这些批评和警告之前稍为动摇。他在下院回答工党议员时说："我们不能只注意和苏联的关系，还有其他的国家（特别指德国）和我们的关系也同样重要。"语气之间，承认德国的"生存空间"是合理的要求。所以这就不是一个改弦易辙的问题，而是关系一个时代一个阶级的根本问题了。

张伯伦所处的时代，是大英帝国资本主义已经停止了前进，世界资本主义开始动摇和衰退的时代。而在另一方面，又正是社会主义已经在苏联建立了坚固的基础，世界文化走到一个转捩点的时代。资本主义末世纪的文化政治"斗士"们最急要的任务，看来总是如何把震撼了世界的新文化运动和真正的革命运动抑止，《凡尔赛条约》的真正精神不在于压抑德国军国主义和帝国主义的恢复，而在于憎恨真正的德国人民革命。同样，许多新的小国的建立不完全由于民族的自决，而是协约列强得意地造成的防止社会主义革命蔓延的堤防。德国人民力求在 1918 至 1923 年完成一个真正的人民革命，摧毁军阀官僚阶级，打倒普鲁士贵族大地主的权力，由此建立一个真正的民主基础用以代替魏玛的假民主，然而德国革命终于在血腥中被缢杀了。军国主义终于重新在德国建立了起来，成为未来法西斯团体的细胞的黑卫军，也在协约列强的默许和监督之下诞生了。

这是当时英法帝国主义的“选择”。因为德意志的革命如果成功，社会主义在欧洲就不可避免地要取得胜利。与其如此，他们宁愿扶持和容忍声名狼藉的军人和反动势力。张伯伦一直到现在还走着同样的“选择”的道路，这就是他全部的苦心（那时候太平洋战争和苏德战争尚未爆发；英国人民主张团结苏联制止德国的侵占，张伯伦的“绥靖政策”则是要满足德国，并暗中怂恿德国进攻苏联），他每一着棋子的煞费踌躇处。他在这“选择”的目标之前不动摇，不气馁，直至他一生的终结。

像这样一位忠贞坚韧的“斗士”之死，而竟引致世界如此冷淡的漠视，这事实，不能不使我们为他所忠实的半个世界而感到悲哀，这是没有任何东西可以慰藉的真正的悲哀。

而在这时代没有结尾之前，绥靖政策当然不会和张伯伦一同腐朽，不过，它将只能在世界上留下黯淡的印象，已是可以预卜的了。

1940 年 11 月 11 日

“女性应该安于生物的平等”论

昆明出版的《战国策》第十一期上，有尹及先生《谈妇女》一篇文章，主要的意思如下记：

我们如纵眼观察生物界中雌雄绝对“平等”，在牛马猫狗虫鱼鸟兽的世界里，绝无男性压迫女性的事，若有则只有女性欺负男性，如一种蜘蛛名 Tarantula，交尾后雌的竟把雄的一口吞食！普通讲来，生物界里，在性的要求上，雄的是可怜的一方，雌的不答应，他简直没有一点办法，所以雄的非要百方打扮，百方引诱其雌，如雄孔雀之显其美丽之尾。自然界似乎早就安排好：在“性的亲媛”上（sexual intimacies），男女二性，不能有上下、优劣、高低之分，不然就会失却性的作用。性的作用，只有在“平等”的基础上才能发挥尽致；在性的行为上，男女相遇绝对是“平等者”（equals）的相遇，在那亲嫒的刹那间，绝无贫富、智愚、贵贱、贤不肖、上司下属之分；双方是生物界之一员，平等分担延续生命的责任。

最平等的时候是在那时，最快活的时候也在那时。所以自有人类历史以来，上自皇帝下及庶民，老爷都骂过太太，也被太太骂过，这相骂就是“平等”的表现。性的平等是自然的，注定的，生物的（biological）；其他种种的平等是人为的，不自然的，强做的。

从这个基本观点我们又可以推得以下的论断：即女人的真正位置是在“家”（home）里，因为只有在“家”里才能得到真的，生物的，长久的平等，在“家”外——譬如说，参政会——得到的平等是假的，人做的，暂时的。……德国现在，因应付大政治的需求，树起所谓女人三 K 主义(Kirch 礼拜堂，Kurche 厨房，Kinder 孩子)，也就是“贤妻良母”的变相说法。意大利从前在诗人如但丁 Dante、画家如 Raphael、Botticelli 感化之下，把女性看作天人的，现在慕索里尼统治之下，把女性只看作产育婴孩的工具。可见时代变了，人们的女性观也随之而变。

中国现正从大一统局面，痛苦地，呻吟地，挣扎地，进变至战国局面，则将来一切的道德，一切的信条，一切的思想，都将以它是否增进国家民族在大政治中争斗的力量为试金石。两性的关系，亦逃不了这个历史的任命。

这一种理论，一看而知，是女子参政和就业

的反对论。女子安于“生物的平等”，便是快乐之源；假若不能安，而要相拒、相争，造成“人为的平等”，那么据尹及先生说来，会像“妄以为那边是月，是一个好世界，谁知到了那里，才知道月亮的寒冷不毛，比地球还糟”一样的是舍本逐末，徒劳而无益之事，更何况“从国家民族观点看来，结果等于零”！

生物界的一般现象，两性之间，的确没有压迫或者欺负这一类事。雄的没有什么特权，雌的如果不因为纯生理上的饥饿，也不会把雄的一口吞食掉。这理由并不很难懂：生物只是生物，它们只知道本能的动作、交尾、吃、爬、唧唧喳喳……，不但不懂得作威福，行欺骗，而且也没有办法抵御自然的淘汰。像古代爱尔兰大鹿（学名Cervus giganteus），角长到十一尺，而且很阔大，头部的负担太重，因此绝种。猛犸（Monmous）的牙向上弯曲，尖端几乎刺着自己的眼睛，终于也因此灭迹。生物界既没有超本能的一种支配自然的能力，因而也不会有超本能的支配异性的本领的。

但人类就不很相同。人类有可以思索的头脑，因此创造了所谓“文化”。这使人类变成万物之灵，从生物界里超拔出来。《创世记》中亚当夏娃的时代，男女诚然没有上下、优劣、高低之分，所以夏娃还有所谓诱惑的权力。后来恐怕也还有一段漫长的时期是比较顺乎自然的，就是氏族共产主义时代的家系。因为男子的不争气，让女子发明了农业，并从事于农业生产，所以男子只好离开自己的氏族出嫁到其他氏族去，以妻姓为姓，这是很丢男人的脸的事情，而且连圣人也不能幸免："舜象兄弟，舜属有虞氏，象属有庳氏"；尧姓陶唐，但儿子丹朱却姓有扈。

这时代到底维持不很久，因为人类的文化在进步。所以到了《国风》的七月流火里面就已经说"女执懿筐，遵彼微行，女心伤悲，殆及公子同归"了。——奴隶要把处女献于公子，可见也就已经有了贫富、智愚、贵贱、贤不肖、上司下属的分别。奴隶社会进化到封建社会的时候，富智贵贤们也更进一步，创造了法律，节烈观，更大的威权和更高的地位，贫、愚、贱、不肖的一层自然更不能当人。因为是女性，所以在不能当人的一般奴隶地位之外，还有性的奴隶。男人不一定要征求同意就可以作性的行为，而且还纵欲、放肆、威迫和夺掠。女人自然要静静地守着节烈：在"家"里。元朝好像有过一个什么皇帝，除一后三妃和已有名字的二十多个"嬖幸"外，还要劫夺宗室的姣妇；有丈夫的，把丈夫杀了；没有丈夫的实验出不是处女，也杀了；后来因为与皇太后的侍婢乱，连母亲也弑了。那时候的女人们不知是因为还没有懂得“性的亲媛”的威力，还是用了不奏效：并不能免于牺牲。自然也有不致被杀的，但又得等待着殉葬、从死。所谓“委身而蹈义”，“随龙驭以上宾”就是表彰这种节行的。至于庶民，稍为嫌逊些，称为“贤”“良”。

中国长时期处在礼教的统治之下；欧洲则处在宗教统治之下。礼教和宗教同样的是人压迫人的工具，智、富、贵、贤压迫贫、愚、贱、不肖的工具。也许“上自皇帝下及庶民，老爷都骂过太太，也被太太骂过”，但这相骂不是对等的；在没有经济上政治上的平等以前，女人反抗的效果是不会大的，何况还有无形的礼教宗教在抑止着反抗的动机。

介乎宗教的衰落和新思想的到来之间，欧洲发生大市民阶级的革命。妇女参政运动是革命的一个环节。娘儿们也提倡所谓“如他不打破玻璃窗，我即不认其有严重性”的实际行动，到议院捣乱，向内阁总理掷石头，不得不使贵族们骇震了。这种革命在中国爆发得稍晚，辛亥以后才有女子争参政这一回事，但情势也不弱，据说沈佩贞女士曾经一脚踢倒过议院门口的守卫。这时期是人的觉醒的初期，人们怀有热情，需要自由；但在旧的权力周围，到处都是自由的桎梏。因此开始对一种历史的传统怀疑以至憎恨。女人要打出厨房，她们要求自己个性的解放，个性的发展。作为这样一种苦闷的象征的如易卜生《玩偶之家》中的娜拉，易卜生给她的最大责任是求真理，求自由，自己负责做人。

然而性灵的解放只是妇女解放的开头，不是结果。当更大的搏斗和更重要的关头到来的时候，单依仗于初期的觉醒的热情，是容易冷却的。市民阶级的空洞理想会遭遇着恐惧、猜疑，以至于空虚。就在这时候，人类的独裁者开始把千万娜拉赶到礼拜堂去，赶回厨房去，“看作产育婴孩的工具”。但同时愈更神圣的另一个斗争，却壮大起来。因为这种斗争站在“大政治的需求”的反面，所以尹及先生丝毫没有理会，他只看见了三K主义，而且勇敢地暗示中国应该“痛苦地，呻吟地，挣扎地”学这一种样。

人类的创造文化为什么一定要经过人与人剧烈的斗争这问题，有时想起来，颇为吃力。但在这种场合却是非常明白的：有人在一种暴力的文化底下挺身而出，要用暴力使这种文化维持和延续，因此憎恨暴力的人们也必须首先不惮于作战，才可以活下去。是的，“大政治的争斗”，但这不是历史的循环或者重演，不仅仅是表面上的由“大一统……进变至战国局面”，而是在新的文化底成的前夜，被迫害者和迫害者之间决定的争斗。

然而在鏖战的此刻，勇敢的战士们又偏故作镇静，搬弄知识，布设玄虚，向你说“性的亲嫿刹那间”的道理者，是什么缘故呢？他要把你弄得愈朦胧，他的袭来才愈更方便。

1940 年 11 月 15 日

“炮火”及其他

我们慢慢地走近他们旁边。他们彼此紧紧地靠着；一个个带着不同的临死受惊的神情。有许多面目，已经露出发霉的样子，皮肤上面，露出黄黑斑点交错，又像生锈似的。有许多面目，竟变了黑色，……尸首与尸首之间，只剩了被血染红而硬化或被子弹灼焦的破布，迎风飘荡……

有许多纸片儿在地上迎风旋绕，这都是从他们口袋和子弹盒中倒出的。其中有一张洁白的纸，半段被烂泥粘住着，半段在风中颤动，我微微弯着腰，看见了一句，就是：“我亲爱的亨利呀，你过生日的那一天，天气真好！”这人仆倒在地上；他腰部洞穿，露出一条深痕的伤口，腮颊和颈项各处，有一种绿色的苔藓发生。

糊涂的兵士，糊涂地死去了……

（巴比塞：《炮火下》）

以上，是一个经历了第一次惨酷的欧洲大战的士兵的回忆录。那腮颊上生了苔藓的死者，是个什么人呢？他是谁？反正不必知道他的名字，是谁都一样。他是人们的儿子，他妻子心爱的人。你瞧，那年轻的妻子在惦记着他：“我亲爱的亨利呀，你过生日的那一天，天气真好！”她不曾想到那一天天气并不好，满天空一片漆黑，炮火把好的天气打坏了，把自然毁灭了，包括她丈夫的生命。也许不单是一个妻子在惦念着一个丈夫，还有他的亲属，她的亲属，或者他和她的孩子……唉唉，但是他是一个糊涂的兵士，糊涂地给“腰部洞穿”了；即使他是一个并不十分糊涂的兵士，也没有两样，他是在糊涂的战场上完结了。

如果一个人只是自然界的一件生成物，随便做什么材料都可以，或者除了做“战争的材料”之外，就没有其他的能耐，那也只好这样吧；但事实是怎样一回事呢？在被送到那糊涂的战场去之前，他也许正在种着麦子，旋着机器上面的一只螺丝钉，造着船，排着铅字，赶着牛羊到草场上去吃草……总之都在做着活人的事情，过着生活。如果是为了正义，必要合理的战争，为了争他们自己的利益，争他们的生存权利而战，那是应该英勇去斗争的；像我们抗日战士一样，像苏联的抗德战士一样。但为帝国主义去打仗恰恰是相反的事情，士兵不是作为一个庄严的人的身份，而是被当作“战争的材料”送到战场上去的！巴比塞写下来的不是一个故事，甚至不是一篇小说，是控诉、哀告、反抗、呐喊、血的字迹和血的声音！有人不曾感到颤栗的么?

“糊涂的兵士”，已经死掉多少千万了，他们都是死于帝国主义疯狂欲望下的善良人民；他们的血迹写下了活的字：不要战争，杀死战争，杀死吃人的战争，杀死糊涂的战争！不做“糊涂的兵士”！让“糊涂的兵士”从世界上绝迹！让人们做着建设的工作！让人们干自己的活！在“新的战火”眼看要蔓延全世界的今天，人们都应该记起人类最大的沉痛，就像巴比塞所写了下来的那样。

1940 年除夕

斩棘录

作品与时代

《战国策》第10期上，沈从文教授痛诋“流行的作品”，而又骂得技巧，并不反对别人写流行的作品，只希望有“永生”的、“给人类一种较高教育”的作品。

不消说，这种作品是“一味求全讨好”、“政治上的小帮闲”的作家们所写不出来的，只好待诸养精蓄锐，不沾俗尘的教授们去写。然而可惜，抗战已经三年多，我们所等待到了的还只有《战国策》这一流的小册子。《希特勒与朱元璋》、《所谓中国外交路线》等等“讨主子欢心”的东西不必说了，《论妇女》之类的荒淫和卑劣，实在也比礼拜六派逊色不多，不但谈不上“永生”，现在的人恐怕也不易知道怎样以“性的亲嬺的刹那间”去证明女子应该安于“生物的平等”。

所以沈教授是不归咎于作家的，他说：“这是时代！”

现在的时代，据《战国策》的君子们说，是回复春秋战国时的“大政治时代”。战国时代的作品是有留传下来的，但并不是生为战国人而替“民国”人写的作品，恰好正是写着当时。所以，现在的时代也真的没有好好地让教授们写“永生”的东西，办起刊物来，一开口便又不免是十足地道的“庸俗”、“功利”的“宣传品”了，虽然所“讨欢心”的不知是什么人，与“流行作品”确乎大不相同。

这真正是时代的悲剧。“有亮光吗？不能说没。在哪儿？可难说。”就是教授们所下的这个悲剧的注脚。

“把船头掉转”

又是《战国策》上的文章。这次谈的是哲学，陈铨教授作，题目叫《尼采的道德观念》。下面所引录的是结论：

处在现代的战国时代，我们还是依照传统的“奴隶道德”，还是接受尼采的“主人道德”，来作为我们民族人格的锻炼目标呢？

萨拉图斯达的办法是：

“他把船头掉转，离开‘父母之邦’，经过深夜的狂风暴雨，泛流到寥远的海洋，他达到‘孩提之邦’，那儿有超人的虹霓和桥梁！”

意思是很明显的：我们应该接受“主人道德”。主人道德的全部内容，据陈铨教授所述，是：“权力意志的伸张，强者行动，弱者服从”，如果弱者要抵抗强者，那便属于“奴隶道德”了，结果是要弄到“世界不能进步”、“人生还有什么意义呢”的。陈铨教授还举了一个例，譬如鹰认为吃羊是“善”，然而在羊的眼光看来就是“恶”。鹰当然不需要善恶的道德观念，来拘束他吃羊的行动，只有柔弱的绵羊，才需要创造一种规律，保护它们自己。

可惜我们目前正是羊，不是鹰。我们又不曾好好地给鹰啄去，而在反抗。但也不要紧，因为可以照萨拉图斯达（虽然他不过是凯撒大将的小帮闲）的办法，“把船头掉转”的。这一掉自然需要非常的勇敢，因为他丝毫不怕可以预测的暴风雨的袭击，而且即使最后掉不转，没在“寥远的海洋”里，也不失其为“主人的道德”。阿门！

策士的面目

这次欧战中法国的溃亡，听说第五纵队老早

已经支配了作战的首脑部是原因之一。这好像是不可解的事情。

其实，纳粹式的残暴和专横，代表了世界文化的没落倒退的一面，这一面存在于社会主义国家之外的一切土地，因而纳粹总机关可以轻而易举地纠合一切反民主、反进步的恶势力。第五纵队也就在这基础上面普遍发展了。

譬如，我们目前正进行着与帝国主义战争完全异质的民族解放战争，但在一些自命策士们的论说里面，却把我们的战争规定为“眼前要战胜敌人，将来则安定亚洲”，怎样才能安定亚洲呢？要“清算我们过去的民主政治”，因为“我们‘进步的’威尔逊主义老赶不上他们（日本）‘落后的’俾斯麦政策”。现在只有跟“我们这位散头发的朋友（希特勒）走”，因为希特勒的国家才是“全能的国家”，“民主政治的你一言，他一句，消耗时日，劳而无功的机构，不适合于战争严酷的条件”。

第五纵队并不是什么从天而降的怪物，而是一切国家内政治、文化的倒退分子的最尖锐的代表，从“均势论”、“德意路线”到现在公然主张“改革”“国家机构”来适应“全能的国家”，应该是我们警惕自己的第五纵队的时候了！

“伟大的捕风”

据沈从文先生在《习作举例》里说：世间的事情，真是“虚空的虚空”，但知道它是虚空，而又去追迹，去察明，那么是很有意义的，这实在可以当得起说是“伟大的捕风”。沈先生并引用一段“法儒”巴斯卡尔的话：

人只是一根芦苇，世上最脆弱的东西，但他是一根会思想的芦苇。这不必要世间武装起来，才能毁坏他；只需一阵风，一滴水，便足以弄死他了。但即使宇宙害了他，人总比他的加害者还要高贵。因为他知道他是将要死了，知道宇宙的优胜。宇宙却一点不知道这些。

我们就承认人是一根芦苇吧，只要他并非一生下来便希望被摧毁，而面前又有着加害者（即使仅仅是宇宙），就可见世间没有完全虚空。何况还有人与人的争斗。巴斯卡尔的学说，我不知底细，只知道他虽然是十七世纪的信神论者，但他还承认着人和宇宙有战斗（纵然把人的力量估计很低，甚至最后取消于有神论），否则他便不会研究水的压力等等了。至于我们的教授便不，他把一切世事看作非现实的东西：“虚空”。所以就可以“为而无为”，“消遣与享乐，即为向虚无有所要求，故无妨碍”。

巴斯卡尔主观上否认人生的积极意义，但客观上对人生却是有所裨益的，因为他还在做。中国的这类“学者”做了些什么呢？“伟大的捕风”！

1940 年

“挽狂澜于既倒”

《新垦地》妇女问题讨论上，有一位韦康先生提出“一个折衷的看法”，他说：

尹及这种见解，不为完全无见，我们略把它修改一下，“女子育婴养孩，加强国力为唯一使命，求政治上、经济上……的平等，是另外一个问题”。那么便语平气静得多了。这我们可以武断一句，妇女要是只争风头，而舍育婴养孩之任务于不顾，亦失其应负之天职！如果飞君女士，只以争“政治经济的……平等”为根本之任务，疾呼妇女们不要育婴养孩，那便根本错误，国家也随之糟糕了。

三从四德虽是封建时代的礼教，但它并不是要妇女做牛马，当奴隶，而是要妇女们做到贤妻良母的训条，许多妇女，往往以为非把它推翻，也就如手铐脚镣，暗处牢笼，永远不见天日，岂知违反了三从四德便成为为人不齿，为人鄙弃的臭皮囊，其实三从四德是一个“节”字的涵义，男子尽忠，女子尽节，是吾国固有的好道德，所以我还希望妇女们永远保存这一点。

上面所说的两段话，虽离原题较远，但宣扬正义，挽狂澜于既倒，是我的脾气；而尹及先生的主张妇女在家庭，表面上虽是那样说，恐怕他也正顾虑要挽回妇女的自由太过于扩大的颓风，甩声东击西的战术，要亲爱的妇女们知所收敛罢了。

韦康先生的意思是很明白的：“妇女们应以处理家务为先，行有余力，始可谈所谓政治上经济上之平等。”（引自同文）因为妇女们离开家便是放弃“育婴养孩”。育，在进步的社会制度，已经是社会的责任，有托儿所减轻妇女的束缚了；但是养，是总得由女性来担任，不能由旁的办法解决的。

这和女子无能论一样，是男女异权以来反女权的英雄们最坚牢的论据。《拿破仑法典》上不是写着吗：“女子供男子生子，妻不能生子，便不是妻。”

不是妻，那结果当然是另外讨了。这和中国的女训是吻合的。“不孝有三，无后为大”，“七出”里面就有着“无子去”一条，养不下儿子的罪恶等于“淫”、“盗窃”，被从男家“出”了出去。“无后”，不分明关系着两性的吗？只归咎于女性一方，而就此判决“便不是妻”，随便掉换，岂不冤哉！

不过拿破仑和中国的圣人们并非为“国家的糟糕”打算，他们是直言生子为的“供男人”，为的免“不孝”的。现在法西斯的极权者，大唱三K主义，也说女子是养婴育孩的工具，但理由却堂皇得多了，不是为日耳曼民族呢，就是为的“光荣的天职”。他们的妇女暂时之间大概是不得不服从训条了吧，所以即使将来军事崩溃，也不能归咎于女子“放弃天职”了。中国的女子虽然还不见得像这样顺服，但我想，也不必给她们预约“国家也随之糟糕了”的责任的，——她们养婴育孩的历史，不就是国家糟糕的历史吗？

女子终不能不生孩子，这是生物界的现象。如果因为女子生孩子便把她们幽禁在这“天职”内，也就是要她们安于“生物的平等”，韦康先生美其名曰修改尹及的意见，实则不过“英雄所见略同”而已。“男子尽忠，女子尽节”这“吾国固有的好道德”，已经听够了，为什么在我们要改革的今天，不能让女子也尽忠，要男子也尽节？——自然，参与国家政权，或者社会革新了，女子仍一样要生孩子，但束缚、痛苦，已经减少了。

倘若把妇女要求解放的运动看做“狂澜”的话，我以为最好不要去“挽”它，否则无论做出怎样“折衷”的样子，也还是会要为狂澜所冲倒的。

1941年2月20日

谈黄花节

七八年前，我在广州念书的时候，生过一场很厉害的头昏病，由学校送入一所私人医院留医，自晨至暮，静静躺着听那顶楼疏落的钟声，非常寂寞，因此就和学校派来伴我的那位宿舍长工搭讪着谈起来。他年纪已上五十岁，姓陈，南海人，有着我预想不到的健谈的兴味。但我没有力气开口，所谓谈，几乎全是这位老人“说书”似的给我讲他所目击的真故事，当时我很惊服他对于广州掌故之熟悉，自己则简直感到兴奋，微温。现在仍未淡忘的有两件事，一是民国某年，许多乱七八糟的穷措大忽然开脱了好几副大甲万，在火光银影的大快乐中，又忽然风刮过似的，一个个倒了下来；其中有一个是他的十九岁的儿子。第二件，便是辛亥年的温生才刺孚琦。

这次病后，我才正式看一点与革命有关的历史。说起来实在是受那老长工的指点的。但看了《广州三月二十九日革命史》等书后，觉到兴味远不如听那老长工嘴里讲，大概因为书上写得欠详细，而且加上文字的隔阂之故。然而看记载却有另一方面的好处，老百姓所最认不得记不牢的“上谕”之类，记载里面正有着。

温生才刺孚琦，广州市民直到现在还引为壮谈，也编成电影过。他的行动代表了许多人们的行动，所以后人追念他，同情他，但在被张鸣歧处斩，摘心致祭孚琦的当时，不仅没有人抚哭过，当时的革命报纸也只有一点隐约其词的文章；这并非大众不同情革命党人，实在是那时候不容许有同情。那时的革命报纸叫《可报》，是邹鲁先生主编的，载了一篇《东门外之今昔观》，文曰“温生才乎！你何愚不可及，乃在此多难发生之地，牺牲一生，作地理历史上之纪念物。曾左胡李何曾不是英雄，乃必步趋史徐后尘，溅血东门，始为英雄乎！”意思含糊到好像劝他学曾国藩左宗棠，但还逃不过巡警道的鹰眼，勒令停版的谕文下来了，其令曰：

夫温生才不过卑贱之一夫耳！……考之于古，则《春秋》之义，乱贼为人之所必诛，稽之于今，则暗杀之扰乱治安，不得侪于国事犯之列。……而该报记者为之悯恻，岂伤心人别有怀抱耶？抑气类相感，独表同情乎？……又查本月十六日“国闻感言”栏内《论卖国贼》中，有“究其原因，则由万世一系永永尊戴神圣尊严不可侵犯之大清皇帝，先不自爱国，始宁赠朋友不予家奴之言，……”等语，夫此等言论，岂臣人所宜出，……而资乱党之口实，其贻祸不可胜言，非仅议论分歧，宗旨不甚纯正者比。……核与连日所载温生才新闻杂著，鼓吹暗杀主义，推波助澜，无所不至。……本道于言论机关，极力维持，惟恶莠言之乱政，禁邪说之惑人，法所不容，情非得已，亟宜查照报律，永远停版。……毋违，特谕。

这道上谕，要是让它湮没，实在可惜；我特地抄录下来，给像我一类向来以为官样文章不过敷衍堆砌而已的人们鉴赏。《可报》不过惋惜温生才，或者如“上谕”所说，同情温生才；清廷的“报律”大概没有禁止人民同情革命党的明文，否则“上谕”里不至于不能指出所犯的是几条几款；但即使有，那程度必须规定，例如同情到什么程度就禁止等等，这显然是很不容易做到的事情。历来很多皇帝不看重有形的法律，甚至讨厌法律，就是为此。路易十六印过几千张“加封之函”，卖给贵族们，叫他们杀那些可疑的人民，有“加封之函”就无须根据法律，也无须审判，清廷巡警道则用精密的嗅觉嗅出“气类相感”来，都是对付“口不言而心非之”的庶人的方法。

温生才刺孚琦后，接着是“三二九”的举义。官方的有形损失很微，革命党人的遇难，则极惨烈；有的在战斗中死去，有的被捕后就义。当审讯时，追问计划，盘究党羽，到喻培伦烈士，他说："学术是杀不了的，革命尤其杀不了。"所以章太炎先生在《喻培伦传》中说："以气矜慑清吏，……功虽不成，然自武昌兵起，清吏所在奉头，其气夺也。"

我国从古以来，常有为民请命，舍生求法的人，而黄花岗七十二烈士就代表着坚毅不挠，临难不苟，富贵不能淫，威武不能屈等等时代前驱者的传统美德。一群白面书生，做生理度日的华侨、小商人，不知不识的工人、农民、教徒，赤手空拳，凭藉着处于满清严厉镇压之下的薄弱的革命组织，刺杀孚琦，攻总督府，从事于知其必败的举义，这不是惊天地泣鬼神的行动是什么？

但不读革命史，或读革命史而只知感慨谀颂的人，是决不会知道历史的真实，也不了解革命的艰险的。自己为纪念而纪念，以为先烈们也是为烈士而烈士了，因此纪念流于公式，其损失，实在等于湮没这一页革命血史。孙中山先生在《黄花岗烈士事略序》上郑重指出"徒感慨于其余事，斯诚后死者之羞也"，就是最远见的告诫。

清政府的昏庸、暴虐，阻碍中国社会的发展，压迫国内异民族，何尝不是耳所共闻，目所共见？但生杀之权，操之暴虐者手中，要谈革命，非轻生死外功名的真正志士不能耳。古语云："知其不可为而为之"，又说"杀身成仁"，但真要做到，就不容易。趋炎附势，利禄薰心的固不必说，平日高谈革命的人，也多要看风色，转湾儿，这叫做明大体，顺天时。1848年的法国革命，后来就产生了一批暴戾恣肆的国民军，在举枪残杀工人之前，悄悄地把自己所藏的傅立叶的书籍焚去，以思想纯正的公务人员自居，被杀的便是"乱党"了。"三二九"之役里面的陈镜波，十一年公开叛变的陈炯明，不正是同一类型的东西吗？

"七十二健儿酣战春云溅碧血，四百兆国子愁看秋雨湿黄花"，这是躬与其役的黄克强先生的挽联。为要达到目的，不惜肝脑涂地，粉骨碎身，这于殉教者和先驱者是一样的。先烈们的目的，是要民族得到自由，人民得到自由，是反专制，反残虐，所以他们是四百兆人的楷模，也是四百兆人的灵魂。黄花岗的血痕已经淡了，但它留下来的，是活的教训。

1941年3月

琐　话

一

自以为超人的人，在现在的真实世界上是找不到生存空间的。否则，就必然把周遭的俗人视为禽兽。

二

被称为“批评家的批评家”的J·祝伯特(Joseph Joubert)，1754年生，1824年死，是法国文坛的一位奇人。所谓奇，其实不过是不注意文字的格律和修饰，爱取时事资料写些“随谈录”而已。所作只一卷谚语体的Pensees，一直到死后十四年（1838）始得印行。我从英译的片段上，看到下面的两节：

恶毒的执政者的刑罚，是比他们本身还要更恶毒的。

如果是合法的权力，那么它便应该尊重它的限度和范围。

三

也还是祝伯特的话："应该效法时间，它慢慢地毁灭着。它暗逝、磨损、消散、分离，然而并不翻倒。"新出长篇言情小说《随风而倒》，听说为几年来销路最畅的作品，谚语体的作者，无怪被视为不祥的乌鸦了，这于中外都一样的。

四

骂牢骚不好，是对的，但那是对实做而言；倘若并不感到需要做，整天"天下太平哈哈哈"，为而无为，反而转过脸来腻骂牢骚，则他的血液比发牢骚的还更凝冻。

五

上次欧战的时候，美国有这样一条标语："Don' t read history，make it!"——"不要读历史，创造它！"

这是不会说错了的。历史也像其他部分的文

化一样，真正有权力的人，是用不着的；前次欧战死伤几千万，兴废十余国，是一篇血的历史，英雄们就在蚁民的白骨上面，“创造它!”

不过这是装不得慷慨的：上次欧战的时候，中国有段祺瑞派到巴黎去的华工，凡尔赛和会一开，中国又有辱命的使节。

六

由于人类社会的觉醒，生存竞争的原理将不能再支配人，这是仔细研究了达尔文学说的赫胥黎，批判达尔文学说的话。但赫胥黎同时又崇拜休谟，相信良民们可以“克苦地忍受住一切罪恶，以坚定的意志去结束它”，退归于良民，就只好含糊指说新的法则为不可料了。

其实，事情是明白的：千百万年来生物变异的结果，产生了人类的头脑，人类会始终不摆脱用自己的智慧毁灭着自己这厄运么？觉醒的结果将是认识群体。

群体起了人类活动的支配作用，超人就非没落不可。

1941 年

《立此存照》以后

鲁迅先生在《立此存照》（三）里，记述派拉蒙公司导演冯·史丹堡（J.von Sternberg）来华及其“辱华事件”的始末，作这样一段结语道：

其实，中国人是并非“没有自知”之明的，缺点只在有些人安于“自欺”，由此并想“欺人”。譬如病人，患着浮肿，而讳疾忌医，但愿别人糊涂，误认他为肥胖。妄想既久，时而自己也觉得好像肥胖，并非浮肿；即使还是浮肿，也是一种特别的好浮肿，与众不同。如果有人，当面指明：这非肥胖，而是浮肿，且并不“好”，病而已矣。那么，他就失望，含羞，骂指明者，以为昏妄。然而还想吓他，骗他，又希望他畏惧主人的愤怒和骂詈，惴惴的再看一遍，细寻佳处，改口说这的确是肥胖。于是他得到安慰，高高兴兴，放心的浮肿着了。

这篇文章写于1936年，距今已匆匆五年了。几年以来，我们自然不断地变革，挣扎，然而还是革不掉，挣不开，岂特没有革掉，如果我们不自欺，鲁迅先生的文章一直到现在，还不折不扣地可以拿来查照的。

单以美国作家来说，从中国回去的，说远一些，有赛珍珠，说近一些，有史沫特莱和斯诺。赛珍珠所得的中国印象，一言以蔽之曰：好。地方好，景色好，人事好，甚至“民族性”也好。怎样好法呢？“优美而宁静”，知礼而乐天。这是说谁也不带浮肿相，大家真的高高兴兴了。来了一个史沫特莱，可就有问题。她对中国绝望吗？并不，有另外的罪名，曰“曲解”。症结所在，是她没有赛珍珠的“一视同仁”的宏度，她有抉择，她有爱也有憎，有希望也有绝望。譬如说好吧，她指明什么是好，为什么好，为什么又不能更好。抉择起来，可就有些人要被看出，或自己照见的确有些像浮肿了，即使自以为也并无大害，但到底有人在揭发，就无异于拆“面子”。于是乎不欢迎，说是“胡乱的报导一通”，“捏造事实”，“偏激”。

我们常有水灾、兵灾，“友邦”中特别是美国人士，一逢到这样的际遇，总必替我们卖花、唱戏、筹赈款。这固然大多出于豪富的“仁悯”，但也必然有些平民百姓，的确出自至诚，量力为助，一片热心的。对于水火之中苦而无告的黎民，难道不可以同情一下么？然而要是遇着像林语堂先生一般高雅的人，可也要碰钉子。有人就记载过史沫特莱和林语堂氏在上海一处茶会上的谈话，史沫特莱讲起她在苏州河上见到的一些棚户不堪忍受的痛苦。

“但是你怎么会知道他们是痛苦的呢?”那时也在座的哲学家林语堂问。“也许他们并不关心污浊和懒散的。”

“是无疑的，自然，他们不快活呢。”她愤恨地答。

“我不懂”，林语堂玩笑地说。“这完全是心境的问题。”

“噢，那末纵使他们不觉得不快活，他们也应该知道不快活的。”她结束了这场争辩。

好一个“完全是心境的问题”！它把一切贫穷、痛苦、压迫，都抹得干干净净了！这算是“俗人应避雅人”的一点小注解。

但也有误认半俗的人为雅，因此闹出煞风景的事情来的。今年 4 月间，以《非洲山青》、《战地春梦》、《有与无》等著作名震一时的海明威(Ernest Hemingway)，偕夫人来观光抗战中国。他是 4 月 4 日从香港转飞重庆的，大公报社头两天便约好了《战地春梦》译者林疑今先生作文章介绍。除了照例赞誉一通之外，就是希望他回国后比赛珍珠更多讲些好话。因为他“看过了我们抗战的中国”。

6日到重庆，看了好几天，10日又转成都看了两天，12日回到重庆，14日嘉陵宾馆开欢迎大会，问他的观感。然而怪了，竟不如所料。他频频说了一句话，“Wonderful!So wonderful!”——“太奇妙了！太奇妙了！”“绍酒”是喝的，也听了古琴独奏的《阳关三叠》和琵琶独奏《蜀道行》，然而不演讲。

于是乎猜测了，有人说“中国国民性是不容易明白的”，不讲就足见慎重，不至于歪曲；有人以为他原不过要搜集小说材料，把中国的好处写给美国人看，只要将来写了，“奇妙”安知不是极高的手笔；有一说则见于陈秉彝先生《海明威夫妇欢迎记》，因为“蜀道难行，嘉宾已经体味到了，但中国政府竟从明媚的江南搬到难行的四川，建立了抗战建国的司令台。海明威先生在欣赏这纯中国音乐之余，当然也会想到这问题的，要不是，他怎会连说：“‘China is wonderful’呢！”

要明真相，还是看看那几天《中央日报》上的时事新闻：

4月4日海明威夫妇抵桂。

4月6日匪犯白树臣、蒋国清、蒋泰云、左和林、白金海等十余人，经卫戍总司令部证明抢劫属实，分别判处死刑，除左和林、白金海在押病死外，其余一干人等已于五日验明正身执行枪决。

4月6日民族扫墓节，各界因环境关系，不克赴烈士墓及无名英雄墓祭礼，中午各就本位静默，以志哀思。

4月6日海明威夫妇飞渝。

4月7日为刘湛恩在沪遇害三周年纪念，嘉陵新村刘庄举行祈祷会，并发《泣告国人书》。

4月8日金石家滁县王王孙由蓉来渝，将其《正气歌》刻石，假中国文艺社公开展览。

4月8日菊社票房为劝募战时公债，特邀集在渝名票杨畹侬等，公演评剧三日。

4月9日黑水芦花夷胞献金代表团抵渝，奉献土物。

如果海明威现在还只在写观赏西班牙斗牛，自己去非洲打猎，则他是不会感到什么的；不幸他却看过了西班牙的人斗，沾了俗尘，可能就感到一些什么了。

然而中国果真只有奇妙的一面么？土地在呻吟，同胞在流血，旧的和新的枷锁重重迫压着，敌人的凶焰变本加厉地伸张，但无论如何，占大多数的人民正在忍饥，斗寒，不屈不挠地开拓着生路！他们敢于看惨淡的局面，敢于脚踏实地去斗争，而且他们无论如何占大多数，代表着中国的优秀和优越。没有看到这些，就没有看见中国。

然而这倒正是海明威的大幸。既认辨不出新生的胚胎，当然也难于指明浮肿的实际，只好含糊称之为“奇妙”了。自以为“肥胖”的人们，也就不必费什么唇舌，只要自己玩味药方，“细寻佳处”，看见袪痰汤，说是消化药，于是也得到安慰，高高兴兴了。

我们希望“不容易明白的中国民族性”，不要一到外国就被误传为“都是人口拐子”或“礼让而乐天”。这却不是专靠多请别人讲好话所能办到的，如果“友邦人士”不因此糊涂，那正因为有些像史沫特莱和斯诺一样的俗人看过地底下，回去说了的缘故。

1941 年 6 月 8 日

关于国际青年反法西斯蒂

在希特勒德国里，青年是被看作战争的资本的。希特勒说："没有战争，就没有人类。"因此他不惜用人类历史上空前野蛮和残酷的手段，使青年变成战争机械，看成和坦克一样，是劫掠其他民族的工具。

要使青年变成不会自由思索的机械，法西斯蒂拒绝承认一切思想的作用。他们说，所谓文化都是必须克服的"偏见"和"幻觉"，因此他们是毅然向人类理智宣战的。戈培尔说过一句名言："当谁在我面前讲起智力的问题，我立刻就要拔出手枪来。"这句话后来搬到法西斯剧本上，传流得很广。法西斯蒂所容许的哲学思想，必须是能够解释"雅利安人配奴役世界"的。科学也如此，他们主张用科学研究消灭"劣种"，全德国现在正普遍组织"人类牧配场"。青年一代的人，已经渐渐不知道什么叫思想自由，甚至不知道什么叫思想了。

柏林大学一次二次的把进步科学家的书烧掉，

说是妨碍“士兵典型”的培养。大学里面研究的是什么呢？“种族原理”是主要科，此外还有“大地政治学”；技术科学则集中注意怎样和“全能战争”相结合，学校也就变成了兵营。

但纵使希特勒竭力制造盲目的驯羊，生活本身的巨力还不断使青年们觉醒，他们会被禁绝知道一切思想的成果，但他们多少懂得歌德和海涅。这时候就用得着“实际行动”了——希特勒的一切政策都是靠“实际行动”贯彻的。德国有一种很为人称道的东西，叫“盖世太保”，意思是秘密警察。这虽然和许多国家都有着的特务组织相同，但在亨利克·希姆莱领导下的屠杀青年的机关，那手段大概是人类历史空前的。无论在街上、店里或公园里，好好的一个人会突然被抓去。集中营禁闭着的青年，总数达一百万人。很多因为缺乏卫生设备，和过度的折磨死去，能够耐到六七个月的很少。希姆莱常常夸说他“和叛逆是势不两立的”，要不是他把反法西斯迫害的青年杀光，便是他和他的同党们从德国溜掉，他们一直这样准备着，存款在南美洲那些小国的银行里。

德苏战争还没爆发前，一个苏联设计工程师，叫伯利萨耶可夫的，到了德国，当他参观一所科学研究院时，只有一位技师在那里，他看看四边没有人，说道：

“我们吃不到面包，快要饿死了，需要战争的只是希特勒，不是我们。这句话我只有对你说，因为只我们两个人，没有人听见。”

在饥饿、监禁、刑拷、屠杀的袭击下，德国青年并不是都忍受了下去的。他们也有抗议，也有意见，不过我们听不到罢了。

而纳粹德国的枪尖指到哪里，就把这种“文化”传播到哪里。最先尝到法西斯文化的是西班牙，法西斯统治一开始，就把图书馆里所有杜斯妥益夫斯基和高尔基的书封禁了。纳粹在法兰西、荷兰、比利时和捷克，逮捕和屠杀青年，比在它本国更厉害。在南斯拉夫，青年们被用麻绳吊死，诗人史特恩斯基告诉我们，因为一个纳粹警察被杀，德国派轰炸机向沦陷区毫无掩蔽的城市投弹；南斯拉夫被害的青年已在十万以上。在波兰，纳粹们的凶焰更炽，只要是年轻的居民，就都有可能被纳粹认为有游击队的嫌疑犯而杀掉。

我们常诧异于德国在战场上消耗这么大，还能够维持其后方的生产力，这个谜现在渐渐揭穿了，德国在沦陷区搜刮青年，像搜刮洋铁一样，只要给碰着，便带到纳粹德国里来，强迫作无偿的劳动。波兰、捷克的青年在德国多被充作店员、公役，意大利青年多数参加直接的机器管理。意大利青年被运往德国的数量非常惊人，总数已在十万以上，纳粹德国把法西斯意大利沦为它自己的奴隶。正因为纳粹把青年看成战争的工具，所以要是不愿意为它利用的，它都加以最无人道的屠杀。

然而它却在欧洲广阔的土地上吃到拳头了。巴尔干和法兰西的青年都是受过民主和自由陶冶的，他们会能够忍受中世纪野蛮征服者的蹂躏吗？塞尔维亚的山谷里飘荡着古代英雄的壮歌，成千成万要保卫祖国，保卫人类合理生活的斗士站出来了，他们破坏法西斯强盗的铁轨，叫他们的列车随时随地翻倒，烧掉他们的仓库、火药库，纳粹警察走在街头上，没有人担保他的性命，希特勒慌了，连忙贴了大张布告恐吓说："要是一个德国兵被杀，便要取一百条塞尔维亚人的性命作抵偿"，但人民愈是加强他们的战斗。年轻人都跑到山上去了，纳粹就杀人质，杀老人和孩子，可是看着山谷和密林，纳粹觉得愈加害怕了。

波兰、法兰西、捷克斯拉夫、南斯拉夫的青年们，他们都知道他们的战斗不是孤立的；他们是为人类的进步文化而战，他们是为自身的解放而战。希特勒的血手已经伸向莫斯科——伸向这代表着人类正义的伟大名城了，因而一切反法西斯斗争就必须围绕着保卫莫斯科，保卫人类文化的新堡垒。

我们中国青年对法西斯是十分熟识的，我们在战场上遇见过他们。他们曾经而且现在还在劫掠着我们的国土。而今天屠杀欧洲人民，劫掠苏联土地的正是同样的法西斯啊！我们打击日本法西斯，也就是打击了德国法西斯，世界青年反法西斯的方向是一致的：要消灭对人类理智的蔑视！要消灭民族奴役的观点！要消灭纳粹向中世纪倒退的普遍的屠掠！

要不是法西斯把全世界的青年置在自己的奴役和皮鞭之下，便是法西斯体系被全世界的人民团结起来的力量所摧毁，历史是最公道的见证人。

1941年11月1日

不能缄默

看画报里塔斯社拍的照片，有几张是纪录希特勒军队怎样对待欧洲人民的。其中的一张：三个南斯拉夫青年，因为有参加游击队的嫌疑，被用麻绳勒紧脖子，吊在电灯柱上，大概是才断气的，身上的衣服还很整齐，都穿的西装，背向的一个戴毡帽，其余两个面貌瘦削，一个打领结，一个没打。其中的又一张，是波兰的情景，三个穿皮靴戴钢盔的德国警察，盖过膝头的扎腰外套愈显出那付凶残的神气，他们提着枪，作好立射姿势，一看去便知道要打靶的了，靶子在这一块平坦的积雪的地面上，约莫五十米的对面，野莽旁边：也是三个人，但只穿短衫，打着抖，据记载是波兰沦陷区的居民。记者加上了刺眼的标题："法西斯'新秩序'的实施"。

杀人的情景，是很不容易在照片上看到的。因为有杀人权的人，就有统治权，当然不许公开他的这些政绩。可是对抗异族侵略者，譬如和法西斯日本作战，我们便见到很多记载着日寇烧、杀、奸淫、虏掠的照片，这些照片告诉我们，法西斯杀人的方法已经有了怎样的“进化”。现在我又看到记载着纳粹杀戮欧洲人民的照片了，不管别人怎样把它看作“宣传画”，在我却感到像我们曾经身受和正在身受的一般真切，对于现代法西斯就是野蛮残杀者，我是一点不怀疑的。

中古时代的成吉思汗，曾惨杀过欧洲人，和后来的拿破仑，同是历史上野蛮征服者的例证。但那时候的杀人是手工业式的，用刀枪，最多也不过浇上油烧，或者活埋。法西斯现在用的是更“进步”的方法了，用烧夷弹，榴霰弹，一下便是几千几百人，而且不但在战场上屠杀，在沦陷区也一样屠杀。纳粹空军就轰炸过南斯拉夫沦陷区某城市，选好恰是人们赶市的时候。被纳粹杀害了的波兰人已经有三百万，南斯拉夫人一百万以上，荷兰人、比利时人和法兰西人也都有几十万了。有人能对着这人类历史空前残酷的场面不感到寒栗么？有人能在电气时代的同类相食者前面嗅不到血腥么？

法西斯希特勒说：“没有战争，便没有人类。”他是以战争维持所谓“人类”的。他杀波兰人、塞尔维亚人、斯拉夫人，用活犹太人作培植带伤寒菌的虱子的食料，是因为他们不是“人类”；不是“人类”是什么呢？法西斯御用科学家们应用生物学的名词，称为“劣种”。“劣种”是应该消灭的。海涅是“劣种”，所以他的诗不许印，谱上了乐谱也禁止唱了；巴尔扎克是“劣种”，挺进军进入杜尔斯，便把他的原稿连同一座图书馆烧了。只有纯种的雅利安人才配立足天地间，因为它是“优种”。有人说过，统治者杀的都不是人，希特勒也正不例外，不过从前统治者加给对方的是猪狗羊之类的名号，希特勒因为活在二十世纪，所以他懂得进化论的名词，称自己要杀的为“劣种”罢了。

这里，我想介绍一点“优种论”者们的哲学观点，借此知道它有很深的根基，而且明里暗里还有着不少人支持这种看法和做法。观点据说是德国人尼采的，解释则是中国人陈铨的——

人生的意义，既然在发展权力意志，那么生活就等于一种战争。在战争中间，强者才配生存，弱者自然消灭。这一种淘汰的过程，虽然残忍，然而却是不可逃避的现象。世界人类，如果还要进步，只有靠这种淘汰的过程。然而传统的道德观念，如像怜悯、同情、爱邻居、人我合一，都是违反自然，压倒强者，扶持弱者。这样世界不能进步，人类不能超过，人生还有什么意义呢？

对于传统的道德观念，尼采追溯它的本源。所谓“善”的观念，本来是指“高贵”“伟大”

“勇敢”，所谓恶的观念，本来是指“弱小”“谦让”“柔顺”。但是由于历史的演变，弱者要保护自己，所以把原来的意义改变了。凡是对于他们有利的，就叫做道德，凡是对于他们不利的，就叫做不道德。

所以传统道德规律，照尼采看来，不是从上帝来的，不是从自然来的，乃是从人类来的。而且不是从伟大的人类来的，乃是从弱小无能的人类来的。弱小无能的人类，要保全自己，所以订下这些规律，来束缚压迫伟大的人类。然而人生没有伟大的人类，就没有价值，没有意义，所以尼采认为传统道德规律，是人生的麻醉剂。

意思是十分明白的：弱者要保卫自己，是“把原来的意义改变了”，照原来，“强者才配生存，弱者自然消灭”的。这样说来，侵略是“善”，反侵略的抗战便是恶了。尼采可以这样说，希特勒也可以这样说，中国人的陈铨说来却未免有点别扭。这还并非因为中国在抗战，而是柏林的“科学研究”已经在宣言中国人的脑子接近于猴子的发展阶段，陈铨先生也就只好列作“弱小无能的人类”之一了；然而也正好，连将被消灭的人类也在替消灭者宣道了，可见“伟大的人类”感召力之大，这是“有价值”的；而且上面不是说吗，“谦让”“柔顺”本是恶德，强者要吞，索性唱着他的凯歌走进他肚子去吧，这才多少表现了“弱小无能的人类”的“伟大”和“勇敢”来，这，大概也是“有价值”的。

一位叫阿尔佛勒·罗森堡的伪哲学家，特地从柏林走到巴黎作“学术演讲”，说1789年法国大革命是法国人的耻辱。如果有人怀疑他害疯癫病，那是不正确的，他是人权的极端反对者，兽性的极端褒扬者。陈铨教授也正是这一类型的知识分子。从这里就可知道，无论现代的野蛮征服者怎样残酷，怎样在实施空前的集体屠杀，但在卑怯的人群里还有着它的皈依者，对于这么无耻的知识分子，人道主义已经破产到了极度。在他们看来，杀同类是最高的美德，对于人肉和血腥，虽然还不像屠伯们的当作筵席而饕餮，然而已远超过鉴赏屠杀的路人，而是以宣扬屠杀者的诏旨为圣业了。中国千百万善良百姓的血，欧洲千百万和平劳动者的血，在他们眼底不但不是人类的浩劫，反而是“淘汰的过程”，认为“虽然残忍，然而却是不可逃避的现象”，人类道德的堕落，有比这个时期的这个类型表现得更甚的吗？

痛心的是，这些无耻的“学者”，却在某种程度上反映了目前人权遭着空前压抑的时期一种卑怯的、势利的、对暴力者真地“柔顺”的倾向。由于这倾向，使得若干人在沉重的时代气压下缄默了。暴力的影子或者曾经，或者正在从我们的脑海拂掠过，它叫我们憎恨，然而黎明之前的漆黑却蒙混了若干人的心象。觉醒的不够，麻木的气氛普遍的弥漫着。对现实的要求是那么的薄弱，还在等待，这是有害的。缄默实际上就是助长无人道的屠杀，延长了人类空前的暗夜。

如果我们看见一群强盗在抢东西，杀人害命，我们必然会喊贼，阻止他们的强暴行为。然而像这么一种世界规模的屠杀，我们的反响却那么迟钝。

对于欧洲被屠杀的和平人民，我们必须关怀，必须说话，必须在野兽的祭坛前提出人的抗议。在欧洲被屠杀的波兰人、塞尔维亚人、犹太人，并不是“劣种”，而是和中国人一样无辜被害的。必须燃起对世界法西斯的无比憎恨之火，必须用对付法西斯日寇的正义的抗战去对付法西斯纳粹，野蛮屠杀是没有畛域的，因而人民的联合也是没有畛域的。在今天，表示憎恨就等于力量，只有尊严的人类全体的无上憎恨，才可以转化为力量，只有全世界人民团结起来，才可以叫法西斯野兽淹死在无边的血泊里。

1941年11月25日

隋那以后

鲁迅先生曾在一篇杂文里，感慨于屠杀了千万人的拿破仑被后人崇拜为英雄，而救活了万万人的隋那反为后人所漠视。最近余伯约先生所写的《从杜鹃想起隋那》里，又把这意思提了一回。先后读到这两句话，我都深深受了感动。

但是我却因此引起另外一些感想来。

隋那固然被“正统派”科学家嘲笑了大半生，然而当他还活在人世上，他总算也眼见一些别人尊重他的工作，甚至因此享有过光荣。英国皇帝褒奖他，在德国，他的诞生日被定为节日，墨西哥和南美各国把他的签名作为有效的过境护照。后人固然是把屠杀了千万人的拿破仑崇拜为英雄，而将救活万万人的隋那漠视了；但在当时，隋那倒是得到过拿破仑本人的崇敬和尊重的。英法战争的时候，隋那有一个朋友，名叫 Wickman 医生，他因旅居在法国而被扣。隋那写信给拿破仑要求释放，平日不稍宽假的拿破仑，这次毫不踌躇便把那医生放了，而且肃然说道：“啊，我们不能拒绝这个名字的要求的！”

如果在今天，希特勒哪里肯像拿破仑宽大呢？卐字旗覆盖之下的大块欧洲地面上，科学要不是帮助杀人者杀人，就要被杀人者所扼杀。于人类有益的科学研究，到处被纳粹机关加以系统的摧残，忠实于自由研究的科学工作者，一律列入了纳粹秘密警察的黑名单，放逐的放逐，捕杀的捕杀。现代德国科学界的真正代表者，犹太种的爱因斯坦不必说了；他如伯恩哈德·宗迪克教授，著名的医学家，发表过关于性刺激素辉煌的论著，发现分析尿溺的化学方法，因而确立受胎早期诊断的第一人；著名的化学家佛瑞兹·盖勃；生理学家彼得·鲁昂；微菌学家席勒教授等等，不是被捕就是受尽严刑拷打，或则已经“自杀”。在法国呢，曾膺诺贝尔物理学奖金的著名科学家郎之万，在冰点以下的酷寒中，被投入一间没有暖气设备的拘禁室，坐了四十二天的牢，然后放逐到占领区里一个小镇。大化学家 Jean Perin，在避捕逃亡中，人类学博物院长 Paul Rivet，被猎逐而出奔于哥伦比亚。这样的名单固无法知道得完全，也是写不完的。

另一方面，堕落的杀人的科学之进步，足以令人胆寒。以马医出身而被希特勒擢升为供应部长的 Walte r Darre，根据动物饲养配种的科学原理，拟就德国“人类配种所”的计划。全德国现在已经在“消灭劣种”的旗号下，普遍设立起便利最优秀的“雌雄生殖体”交合的“生育所”来了。“雄体”也者是S.S.队的英雄们，“雌种”则由“配种警政司”检选，或S.S.队在街头强拉。这就是“优生学”的理论实践！另外据1941年2月6日 Voelkischer becbachter 的一篇报导，一所从事伤寒菌生产的特别研究所，逼令六十个犹太人给虱子寄生，用他们的血喂养那培殖伤寒的虱子。

我常常想，对人类文化的荼毒，拿破仑和希特勒是有着类乎枪炮和毒瓦斯的区别的。拿破仑也仇视那反对他的异端，在他的枪刺下，也出现过阿谀讨好的艺术文学，但他没有制定一个反动思想的模型，要天下人一律照样，因此他的穷兵黩武不妨碍他和具有完全独立思想的诗人歌德，一代天文学宗师拉普拉斯（Laplace，1749—1827）他们之间的友谊。希特勒就彻底得多了，他看清了人类自由思想的根源——文化——是他永世不相两立的敌人，因而制定一套一律的思想模型，形成法西斯思想体系。对于古之人，有可以牵强附会或歪曲改装使之可供利用的，那么就歪曲改装起来，例如歌德、尼采和莎士比亚；有根本无法调和的，那么便把他的书本毁掉，例如海涅。今之人呢，只要是不接受这特制思想模型的，非法西斯非雅利安的，那么他和他的艺术或科学，就都是异端，都该处死，直至把人类文化完全灭绝而后已……隋那不生于今世，实不幸中之大幸。

暴力统治的演进，从市民阶层反动者的拿破仑与纳粹主义的希特勒之间，就有着这样的不同，然而也正接近了它的终结的时候了。

1942年10月8日

谈　蝗

据本月十七日的伦敦讯，伊朗、英国、苏联及印度四国专家已成立同盟，实行对蝗虫宣战。战区包括由埃及至波斯湾及阿比西尼亚。总部所在地的开罗已宣言对蝗虫采取全面攻势，苏联则派遣飞机至蝗虫滋生地带的近东，追逐蝗群，用毒粉将其消灭。在打仗正十分紧张的此刻，这算得是一则闲情逸致的趣闻。

仅凭常识就可以知道，蝗虫是人类不相两立的死对头。这类褐灰色的动物，长了特别会嚼的锐牙，专吃人们千辛万苦种得来的麦稻、马铃薯、大豆和棉花，每吃就是吃光，不留一颗种子。吃饱了只会交尾，还深恐吮人血汗的后一代不昌盛，把屁眼插进泥土里面产卵。而且生来是最会结帮口的动物，逞凶作害总是蔽日遮天，落在地面就堆得好几寸厚，连地皮也不见了。又最会虚张声势，简直以恫吓起家，人们听见震天动地的吼吼呜呜已经心凝眼固了，自然不会想到这些蝗类其实是没有发声器的，不过彼此磨擦着翅膀而已。

由于科学建设的成功，这类最“有组织”的劫掠党，早在苏联绝迹了。严寒的北地，褐衣党徒是插不得屁眼下去的，而且即使产了卵，也因为苏联人民终年不息的深耕，已一次二次宣布了那些“跳蝻”胚子的死刑。但这些人类的死敌还有一个可怕的特性，它把一处地方吃光了，必然要到另一处地方去，飞得快，吃得馋，非到吃完了世界，然后彼此吃掉不停止……平常食物缺乏的时候，也的确彼此吞吃的，不过只要还有有食物的地方，就又麇集起来，河山险阻，在所不顾，所以海水里常常发现这些勇敢的狂吃党的尸身……北非和南欧，中东的一部，已经一张绿叶不剩，原先盘据这些地方的它们，还不只能不顾一切扑向苏联丰腴的大地吗？

蝗虫的发生史，从地下的卵蜕化出“跳蝻”须经过一段长时间，“跳蝻”又要脱几次皮，才成为名叫“飞蝗”的成虫。凡懂得且愿意相信科学方法的人，极容易在这期间内加以扑灭。如果因循苟且，得过且过，让其变成“飞蝗”，虽然也就接近死亡了，但在它们活着的短短的月日里，竟可以使天日无光，大地易色！据电讯，这次灾蝗的繁殖中心是阿比西尼亚，这正一点不奇怪。几年前的中国，不是到处可以看到“八蜡庙”吗？坐在上面那八只手的神道，传说就是管辖蝗虫们的“八蜡神”。那时候的我们，还把这批穷凶恶极的侵略者看成不可抗逆，只希望化些香油，用贿赂进贡的办法请它们不要光临。阿比西尼亚文化科学比中国还要落后，怎能不被蝗虫们看中，认为是最容易吃的呢？吃得肥肥饱饱以后，就产卵孵化，黑人的大地，早变成了褐鬼的乐园，经过若干世代，更以此当作老家，向宽阔的天地扩张它们的“生存空间”去了。在这样的时候，苏联以外的好些地方，对于最重要的清除潜伏地下恶种的工作，竟疏忽了过去，那些地面上的人们不但不肯相信科学的方法，捣毁自己地皮上庇藏蝗虫胚子的腐草朽木，而且还摆出“半由无知，半由自大”的十足主子的神情，看着漫山遍野的“跳蝻”在欧非大陆上一次又一次脱皮成长，生出翅膀来。被愚昧无知所纵容长成的“飞蝗”，却是毫不客气的，它们成群结队向人们扑来，并展开每年两度残忍的“夏”“秋”攻势了。

现在，而且扑向苏联来了。苏联对于这些灾虫，是要加以无情歼灭的。有谁还怀疑科学的法则么？看，伊朗、英国和印度的昆虫学家已开始和苏联专家成立同盟，中东各小国已眉飞色舞在迎候灭蝗队伍了；只有科学是使人类免疫的力量，在对人类大敌的战斗里，苏联站在前线的阵地上，灭蝗也不例外。现在是二十世纪四十年代，该是一切与人作害的物类的末日了。

1942年11月2日

指环的贬值

元旦第二天，以一个偶然的机会，我看到了《野玫瑰》在桂林第一次的演出。只容七八百人的临时剧场，早已挤得满满的了，十分之八以上是学生观众，都兴高采烈，闷热得很。我那天晚上正患了重伤风，坐在来宾席上，也觉着不平常的愉快。

演员也是学生，他们都演得认真而活泼。坐在台下，一面听陈铨先生雅丽的台词，一面对剧作家的魔力第一次起了滑稽之感。他竟可以雕模一个虚无的形象，缝缀好了一定的灵魂以及作为这些灵魂的外烁的语言，使演员忘却了自己的存在，用自己的生命使这些游魂一般的所谓“人物”活在舞台上面了，这些怀着纯真的心的善男信女们！

当伪政委会主席王立民的女儿曼丽说：“至少国家民族，你不应该背叛”的时候，台下扬起了一片掌声。旁边的 C.H.用肘轻轻碰了我一下，我们似乎都有同感，觉得纯真得可爱的观众，实在很容易打破成见的，即使在前不免听到过一点坏批评，这时他们也就完全忠实于自己的感受了！紧跟着是王立民的答话：

你小孩子，懂得什么？国家是抽象的，个人才是具体的。假如国家压迫个人的自由，个人为什么不可以背叛国家？

台下却嗤……嗤地四座骚动了起来。这嗤声，是对王立民的轻蔑，一听便明白。但里面也夹杂有 chachacha 的笑，那显然因为同意作者叫这人物说出这么无耻的话来，而不禁吐出的紧促而舒松的笑声。这回 C.H.也呆看着，我却深深感到一点悲哀了。在我，是觉得忽然置身于沙漠中，得不到心灵的接近，偌大一群人众，似乎只剩下我了解舞台上真正的精神的进行，我想设若陈铨先生置身座中的话，将是什么样的感情呢？他实际上的失望之大，我完全可以理解的。

下面，仍然是曼丽的台词：

就拿北京来说吧，自从日本人占据以后，多少中国人民已经失掉了他们的自由？

掌声复起，王立民说：

但是我并没有失掉了我的自由，而且增加了我的自由。

又是嗤和纵情的笑了。带着那么沉重的心情，无法调和的对台上和台下的两种感觉，我一直看完第四幕。汉奸王立民死了，“死神并不是我的对手，他已经在我的掌握之中”，但毕竟死了，“我并没有失败，我有我的理想主义”，但毕竟还是死了。一个顽固不化的汉奸的死就足以使幼稚而纯真得可爱的学生们快心，“理想主义”和“掌握之中”都是多余的话，他们的教养和社会经验还不够理解这些。而夏艳华，即使怎样加以“野玫瑰”的比况，怎样给她赋以超人的精神，不也在这些洁白的心坎中留下了民族意识的印痕吗？散场时我听一位女学生像发见了真理般释然叫道：“有人说《野玫瑰》有毒，我看一点毒也没有！”

我又设想要是陈铨教授在这儿，他觉得该笑呢还是该哭？可以夸耀的是幌子作用的成功，但刻划漫画一番，结果倒反是自己所颂扬的深被观众所憎恨，自己所反对的却深为观众所欢迎。即使德国狂飙时代小说《马丁黑罗》再翻一版，也不能解救陈铨教授的灵魂了。“我呢，无论在哪儿都是火！”这回却只能是一样东西：将被无论哪儿的火都烧得死的狗。你瞧，汉奸王立民才是陈铨的正面人物，不，简直就是陈铨教授哲学和政治思想的化身：

王立民：我有铁一般的意志，我要赤手空拳，自己打出一个天下来，世界上的力量，能够摧毁我的身体，不能征服我的内心。

陈铨：道德是奴，意志是主，……意志是人类一切行为的中心，生存意志是推动人类行为最大的力量。

王立民：我从小孩起，就看不起任何人，我的聪明才力，都在他们的上面，……后来长大了从事政治，凡是拥护我的人，我都要支配他，凡是反对我的人，我就要杀他。

陈铨：一个社会里，愈是优秀的人物，他的权力意志愈是伸张。动物要求生存，往往残食其他的动物。……柏拉图在某种情形之下，劝人防邻居，要杀人。柏拉图是顾到事实的，所以二千多年来，人类无形中还在遵循着柏拉图的路线。

王立民：一个人生在世上，必须要争取支配的权力，没有权力，生命就毫无意义。

陈铨：人类不但要生存，他还要求权力，生存没有权力，就不是光荣的生存。

王立民：国家是抽象的，个人才是具体的，假如国家压迫个人的自由，个人为什么不可以背叛国家？

陈铨：正义对于个人，似乎不但没有最大的利益，而且是一种痴愚的行为，人类为什么一定要遵守正义呢？

王立民：死神并不是我的敌手，他已经在我的掌握之中。

陈铨：英雄豪杰不甘碌碌与草木同腐，时刻想有一番作为，甚至把生命牺牲，死在他已无所畏惧。

王立民（服毒后）：啊，死神，你来吧。我并没有失败，我有我的理想主义。

陈铨：只有与生俱来与死不去的生存意志——它与死不去，因为它还要借子孙的形体，来继续永生。

（所录陈铨的话，见1941年12月17日重庆《大公报·战国》所载《正义与指环》一文。）

“子孙的形体”，总算被“借”了一回了，永生倒未必。不过也会在那些纯真的心灵里，印下了若干残酷的印痕，我是相信的。残酷，即使是新一代，也眼见得多了，似乎用不着纸张上面的教育，把丧失掉理性的野蛮主义的狂器，搬到实在不怎样适合国情的抗战中国来。他们中不很多从小就看惯了屠户的威风，从日本法西斯迫杀之下，走到这儿来的吗？这残酷，比起“权力意志伸张”的德国统治，也许陈铨教授还觉得不够格吧！可是中国在抗战，在从死里求生，单说六年来千千万万同胞流下来的血，就很难确信“不管正义不正义”的“支配的权力”，在中国会觅得十分适宜生长的气候。要有，便是硬制造出来，而陈铨一流人就代表了硬制的极峰！

但《野玫瑰》忠实于作者自己，却是“难得”的。他抨击正义，赞颂“强力”即“指环”，丝毫不假借什么民主自由等等好听的名词，作为蒙混。这样的豪勇，庶几配谈“鹰吃羊是善”的“弱者服从”哲学了。倘若所站的不是一座沙坛，这一型的英雄是要从舞台走下地面来一显身手的。可惜照现在看，始终还不免于坍塌，因此最近有了一位走出来告白说：他们只是站在法西斯飞机大炮的后头。

1943 年 1 月 25 日

剪灯碎语

一

美国《纽约时报》驻柏林记者 Otto D.Tolischus 先生，以他在德国的观察，于前年写了一本题名为《他们需要战争》的好书。他说这位“英雄”为了要征服世界，已把德国人民沦为“马兹的活生生的札格那尔特”（Living Juggernaut of Mars）了。他说的马兹，是罗马战神，札格那尔特，是俯伏在地下等待载这神像的巨车辗死而求超升的牺牲者。

我不知道他是否也想及：在被征服的一面，倘若还没有把征服者战胜而竟有“需要和平”的人们，则这些人们的巨车之下，也准备着千万“活生生的札格那尔特”的。——自然一样进不了天堂，不一样的，是落在又深一层的地狱。

Tolischus 如果写这本书，他能给坐在车上的什么称号呢？实在困难得很，我希望他问一问法国的莫洛亚先生。

二

马赛的“暴民”发生骚动，法国“政府”用大炮协助德驻军向“暴民”们据守的建筑物进攻，他们不是同胞，而是叛乱者。

同胞的限度，有时候是很小的。我对面住着一家广东的难胞（照习惯叫法是“难民”），每当房东太太和先生声色俱厉迫迁的时候，二十多岁的一个女人总站出来说：

“我们都是中国人，大家同胞……”

但每一次，受到的总是已经受惯了的轻蔑。

听说在饥荒得厉害的时候，甚至母亲要剜烹儿子的肉，然而现在并非饥荒得人非吃掉人不可，而是世界的暴虐者要吃掉弱小者而已。

同是被吃的民族，不是“同病相怜”“同舟共济”了么？然而也竟有因被吃程度的不同，没有吞下去的就洋洋得意，对被吞得差不多的发出奚落了：

“犹太人因为到处被人驱逐，过尽流浪生活，所以爱因斯坦等发明的学说，都是什么‘相对论’啊，‘民主’啊！”

三

爱因斯坦所以被讨厌，因为他是犹太人，但驱杀犹太人是法西斯德国的胜业壮行，似乎用不着中国的大学教授咿呀插嘴。

此外，爱因斯坦的被憎，也因为他同情民主，这就有了渊源了，正像拥护民主是国际性的一样，反民主也是国际性的。

但据说这又只由于他“到处被驱逐”，可见坐得稳暴虐者的宠儿地位的人，是要嘲笑他的。然而几千万的犹太人中又没有一个做得成宠儿，所以只好一律变为宠儿们的嘲笑对象了。

希特勒万想不到，在他提名骂过“接近猴子发展阶段”的另一劣等人种中，竟有着争做宠儿的某大学教授在，比起被从德国人学赶走的爱因斯坦来，这一位“劣种”教授不恭敬得多么？

我实在觉得有点离奇。

四

在影片《大独裁者》里，卓别林第一次开口说话了，他说：

“我很抱歉，我不想做一个统治者。这并不

是我的事，我不想统治或者克服任何一个人。……我们都想彼此帮助，人类应该是这样的。我们不想彼此侮辱和彼此憎恨。……独裁者们会毁灭的，他们从人民所夺取过去的权力还会交回与人民。”

我还要替卓别林抱歉，他并非“到处被驱逐”的犹太人，而是有着国家的高等白种。

但他却在五年前站出来为被“摧残而无告的犹太人，或中国人，或回人”说话了，用讥嘲和讽刺，向世界报导法西斯独裁者的残暴疯狂，他高叫人类所需要的“不是屠杀和战争，而是人道与民主”！

然而在欢迎他的笑话的白人看来，他的真话是十分可厌的。直到四年之后，世界上在黑奴黄奴之外多添了一种白奴，连重庆《大公报》也出现《白奴吁天录》那样骇人的标题了，这才不怀疑他是什么邪道的宣传者。现在，卓别林又在向中国开口了，笑声光影里，对着这“满口民主”的白人，不知我们的大学教授也矜然感到自己的优越没有呢？

而且他是爱因斯坦的友人。

1943年1月27日

哀纳粹魂

国社党柄政十年，希特勒发表一篇演词，这样说：

“非德国与其同盟胜利，即吾人趋于毁灭，而人人成为过激主义之奴隶。……吾人必需具有力量，以保护欧洲诸国家，使其不受东方威胁。……如 1941 年 6 月 22 日德国之军力未曾于最后之一瞬保卫欧陆，则德国人民与欧洲今日之命运如何，将不难明了。”

我不禁为纳粹魂悲哀，什么权力意志伸张呀，生存空间呀，消灭劣种呀，这里都不提了，这将使一些徒子徒孙们顿感寂寞，也可见所谓“一口气灭十四国的英雄”，未免是替他吹嘘得太过份了一点。

可是，这篇演说也还值得当心的。表面看去，自然可以说它是“哀鸣”，细看一下，未尝不像一条被打了的恶狗，翻一翻眼牙，心里悻悻；但我看其中还有更无状而恶毒的用心，古话说“图穷匕现”，末后一着常常是要施暗算的。你瞧，他的侵苏是为着“保卫欧陆”，他的屠杀反而为免除“人人成为过激主义之奴隶”了，这样一推，手上的血污还没有洗去，就把杀人的责任卸却，赌徒输得干净以后，不是会圆睁着两眼，说声“这是我的账?”的么?

但法西斯的残暴和罪孽，是血和火烙印下来了的。只要南斯拉夫、波兰、挪威、捷克、法国的人民不忘记他们曾丧失了父母、孩子、妻子、丈夫，不忘记拷打、吊死、集体屠杀、人质抵命，不忘记他们在冬天里得不着衣服穿，田地上的作物被征发净尽，而且只要德国人民没有忘记集中营、秘密警察、饥饿、死亡，那么千万双眼睛是打开着的：“这是你的账!”

未来的严峻的审判，逃不开，推不掉，希特勒何尝不明白呢？但他还是在推，把自己的账赖给别人，希望从这里翻一笔赌本。你听听，“过激主义之奴隶”呀，“欧洲命运如何”呀，不很像当街拉人的野鸡肉麻而诱惑的调调儿吗?

但这回应该更“弗灵”了，看民主国齐一的步伐，就可知“欧洲的命运如何如何”，今后将掌握在从法西斯虐杀下站立起来的人民的手中。

悲哀是有点悲哀的。在势利的世界里，连一条赌棍拍拍胸脯的时候，也有人尊他为“英雄”，赞仰他“力的政治”，“政治的力”，被他骂做猴子的猴子们，忙着明中作揖，暗里帮凶。到了“英雄”末路，回复了赌棍原形的时候，却连猴子也“啐！”了，我就听见曾经赞他为“从来不客气”“说干就干”的一只说：“毫无奋发之气呀，仍有自信呀，吃了大亏呀，威望减低了不少呀，呀呀呀。”

但就反法西斯同盟的立场说来，这篇无耻的演词，无论在东方西方，都将引起绝大的鄙视和愤怒。

1943 年 7 月

儿童节的感想

走惯了桂林大街的人，多看见过这样的情景：普遍的中国人从不驻足的一两间餐厅门前，常常拥簇着大群衣衫肮脏的孩子，中间是一个外国“盟友”正要坐上黄包车，或者只不过喝得熏醉，拿着酒瓶子左斜右歪着，我们的“马路天使”们就互相呼喊起来，像一堆踯躅着的蚂蚁，挤近去攀住了黄包车的油篷，及至“Hai!”的一声，才从那挥动着的粗臂膀和酒瓶子底下退了去；但车子才拉动，立刻便又卷土重来了，一面追，一面叫的叫，啸的啸，那队伍常常把二丈来远的马路塞得满满的，直到黄包车去远了，才一哄而散。

美国人也许不会觉得奇怪的吧。我们不是常看到美国开发西部的纪实影片么？光着身子的火奴人，也像一群踯躅着的蚂蚁，可怜而又可笑的。但在我们中国人自己，却似乎还不能当作一笑置之的事情。

可以说是出于一种“仁悯”的心情吧，去年

我也曾经在青鸟咖啡厅看见一位华贵年轻的外国女士花二十块钱擦皮鞋，还把剩在碟子里的三四件蛋糕西饼统统给了擦皮鞋的孩子，这和贝克夫人赛珍珠女士从纽约无线电播出来的为中国难童呼吁的讲演一样，是无限“慷慨”的。但中国的难童实在太多了，纽约伦敦来的“救济”，我们没法知道详细的数字；至于广大儿童还颠沛流落在战区中，浪荡在大后方的街头上，在矿穴、在都市和农村最黑暗角落里过着奴隶般的生活，却是眼前的事实。靠别人“救济”过日子，是决计靠不住的。千分之几的幸运者自然已经得到各地儿童保育机关的收容，但由于战时交通的艰难，好些保育机关都无法离开战区迁移到内地，战事稍有变动，千百孩子便只有徒步逃难。听见一位保育院的人说，在一次逃难里小孩们都罹了痢疾，又缺之医药设备，半个月里不治死去的占全院人数的强半！大后方的保育机关呢，收容量一般都小得可怜，能够进去的儿童，营养不良的现象又严重而且普遍。一部分孩子已经有了色盲的残疾。所以今天“救救孩子”是一件急不容缓的事情，这责任应该由我们自己肩负起来了。

中国的孩子，即使没有战争，一向也在受着苦难。I·巴比尔曾经纪述过，革命前的俄国孩子带着一副发育不完全的畸形儿的身体，衣服褴褛，打着赤脚，伸长脖子学唱音阶、拉梵娥玲，梦想着到皇宫去演奏，而俄国的确有过不少的“神童”，给父亲母亲建造了大座房子。中国孩子连这种命运也没有，自然，戏班里需要“科班”，马戏团里也用得着小孩子，本来应该是学生，但往往却等于奴隶。幼小的灵魂被压抑着，“空中飞人”跌死的，马背上跌下来死了的，都是普遍的命运。这几年来，不少美国的父亲把三四岁的孩子带到电影企业人那儿去，但秀利·邓波儿到底出来不了几个，一百个应征的孩子中顶多只有一个被取录吧。我们没有秀利·邓波儿，许多妈妈只是把小孩子抱到花桥“索价二百元”出卖；我们多着的是邓亚明（被活埋的婢女，当时这一案件轰动桂林，见《吃草与“宪法”》一文）。

大概是一个定律：物价愈贵的地方，人愈便宜。东江惠阳一带，十多岁的女孩子，听说是只卖两块钱一斤，甚至不要钱，你带得多少就带多少走。这些“沙坪货”一大批一大批涌进广西来，“物以稀为贵”，多了自然贱，随便怎样都可以，所以林泰顺棺材店里的童养媳不得不投河，邓亚明的主人嫌恶她吃饭，便只给她红薯皮和青草。

如果“新中国的主人翁”不仅仅是今天坐在课堂里的小宝贝们，那么我们还得正视广大儿童的不幸，还得要求一些人放下他们的鞭子。正视不幸并不可怜，用愚昧和自大把现实的丑恶掩盖起来，那才真不但“可怜”，而且无可救药了。

1944 年 4 月 3 日

掉一个方向试试看

“改革社会风气座谈会”一开，就好像各种各样的嘴脸在展览，“宪政座谈”的以“公是公非”始，以“国民教育”终，也万比不上这一次的聚英荟萃，洋洋大观了，由“士、农、工、商、兵”说到“不要据教育界的立场批评政治”，社会连锁性呀，持中持重呀，由勿纵勿枉又说到“伤害尊亲属罪加一等”，刑法上的“明文”，《孝经》中的“精义”，一律头头是道，妙语生花，和气一团。

不过也有市商会负责人在叫“我的天！”好几位先生嫌恶上面坐着阔妇人们的汽车飘溅过来的泥水。商人搬不动“社会学”，可是他的“略举几项”反很扰乱了四座的人心。“商家为货物的得到通过而缴纳给税收人员的实际数目，如果都到得国库去，至少要增加国家收入的三倍”，相形之下，大家只好承认“妇女赤足”一条没有“十分的重要性”了。

结论还是没有的，不过大致认为“颓风”总

得“挽”，总不得不“挽”了！怎样挽法呢？不从《孝经》和“礼”“法”上着手，又期期乎不可。

但是先生，恐怕来不及了！

我们自己问：“一点一滴地，还是全盘的改呢？一寸一分地，还是大刀阔斧呢？”日本人问我们的却是打不打，“新秩序”要不要。汨罗江离这儿不过一天半的火车，黑血红泪的敌占区，也并非万千里以外。但大家实在处之泰然，安静得出奇。报纸的副刊还是在那里“婚姻，婚姻”，轰动社会的依然属于“强奸未满十四岁的少女”，“失意军官”自杀，高中学生失踪，专卖凭证不翼而飞，几百桌酒筵祝寿……

后方到底是怎样的风气？寻根究底，只须五个字就可以说明：半死不活气。不过如果活不成，仍得死。这种风气

的培养，实在不是一朝一夕的功夫，有人花过很大的脑筋，日积月累，由来久矣，渐渐根深蒂固的了。怕活，就情愿它半死；到得颓唐而近于不治，又想施两下人工呼吸来苟存。如果说处在战争当中，却会忘记战争，是一个笑话，那尽有一百万字也记载不完的事实，不管你笑也好，不笑也好，证明我们有些人确是善忘战祸的人群。自然这也是人工制造韵结果。抗战的火焰不是一天天煽旺，而是点点滴滴的在减弱，在消损。于是

神话代替了真实，“复员”代替了动员，防堤代替了热情，……鱼的腐烂决不先在背脊或尾巴，它是从头烂起的。

时至今日，怎么做？做什么？历史的教训并非一纸空白，不过南宋太古，法兰西又远在欧洲，不去说它也罢了。但如果真正觉悟到后方足以关系前线的安危，想来革新，不得不来革新了，那么，只有一个不二法门——曰：使社会活。不活就无从新。怎样活法呢？也不能有别路可抄，只能立即让真实代替神话，动员代替“复员”，热情代替防堤，工作代替淫靡。再具体的说，社会要立即全面的关心战争，投入战争，使万千洪流冲向战争；中国的领土上要再掀起像由忍辱到抗战那样甚至更大的一把巨火，到处点燃彻底动员的抗日烈焰。发锈了的社会，一切腐烂寄生，一切荒淫无耻，一切白蚁臭虫，没有洪水是淹不没，没有大火是烧不死的了。谁以为几纸空文，数番说议，就可以奏效，实不过白天做的糊涂梦。

如何呢？掉一个方向试试看！

这一切也终要有被证明的时候，但战火已经烧上眉尖，中原战局以至汨罗江全线的浴血肉搏，时间观念恐怕非着重一分一秒不可的。不能再迟了！

一千个战争！一万个战争！八股也好，七股

也好，我们要大声的喊，张开我们所有的喉咙喊，喊到那些敌人兵临城下，还抱着支票簿或者彩票或者大腿熟睡着的君士坦丁堡绅士型的士绅们感到耳聋，感到厌恶，感到打抖！喊到第一把再动员的火炬亮起来！

不能再迟了！

1944年5月31日

拆除“忠灵塔”

香港要拆除日占时代的“忠灵塔”了，就我看来，这是一件值得大书特书的义举。

忠于法西斯事业的“英灵”们，鸣鞭开道，奉旨杀人，受到法西斯主子的鼓励和褒扬，自不消说；但香港住民，大概很难忘记漫漫三年的长夜是怎样度过的吧，冤有头，债有主，对于创造了黑暗、混乱和死亡的大业迹的“英雄”们，就是学伍子胥鞭一下尸，也值得歌颂。

拆除了塔，这些“忠灵”便变成了游魂么？可悲的是，它们老早觅到了另一归宿了。撒旦的归撒旦，那去处也不消提。陈公博是深知有幸有不幸的安命乐天者，而且他“引颈就戮”，本极了然，是拿他做了祭品，以保存万千同他一路的大小“英雄”从“地下”钻到地上来的，但临刑还说什么“大海有容人之量”，还悲悲切切要上万言书，那意思，就是处心积虑怕千秋后世的人泯灭其“忠”，预先昭告天下说：“我是为他而死的，我永远是忠实的灵魂！”（国民党反动派和汪精卫一唱一和，日本投降以后，许多汉奸都表示“效忠”国民党反动派，连大汉奸陈公博也要上万言书给蒋介石，但因为罪恶太昭彰了，蒋介石只好杀了他，掩人耳目。不少汉奸还是做了国民党的官。）

那么，塔倒了，他们还有可容的“大海”，尽管万万人民戟指而骂，不与同宇宙，那大海还是对他们欢迎之不暇，要他们继续鸣鞭，继续以屠杀统治世界的业迹。英雄们于是逍遥自在，在这大海中泳游，即使坐监，莲花杯雪糕，不虞缺少，姨太太坐汽车来探望，并且睡了觉回去，不足为奇，更有化装作姨太太的好汉，驾小包车，一溜烟把人“劫”出狱去的事，也发生了。这一面确不“负恩”，那一面又绝非“寡德”，那么坐监有什么关系？坐监不也可以作一种将来做官的资历么？何况一部分本来就做着官或已经做了官的，是活的凭证。梅思平甚且在遗嘱上叮咛子女，要“忠贞党国”，就是把眼光放得更远，考虑到泽延余荫的意思。褪了色的“英雄”，又来到“鸿运当头”的时代，论得意，确不下于广东人所谓“狗上瓦坑”的；但让我再说一遍，撒旦的归撒旦，人们有拆塔的力量，就有一天会拔海。耶稣说，“因为人要光明，光明就来了”，那么，紧抱着黑暗的大海同归于尽吧，忠实于撒旦的魂灵们！

1946 年 10 月

吻潮微语

父亲奖

“父亲节”有人赠摄“合家欢”，并且征求儿女最多的父亲，合格者有奖。

据说爸爸们应征颇踊跃，“奖品”也发表了——免费赠阅某报一年云云。这，就不易明白；儿女多，奖份报给他有什么用？除非那份报等于面包或米，但若是面包或米，恐怕连赏给“儿女最少”的爸爸也殊属难办了。

我毫无非难这家报纸的意思，不过由此可见，“父亲节”之类题目，即使做做广告也会弄到牛头不对马嘴的，它顶多是“极富东方色彩”的愚蠢笑料而已。

狗的出超

朋友从菲律宾来，带来一条狗。

这件东西的皮毛肤色，都像道地的中国产，Ego!Ego！的吠声，也是从中国训练出来的。

我说，这不是中国货吗？

朋友说，菲律宾“剿匪”剿得很忙碌，所以从中国订了一批狗去用了。中国狗做起菲律宾宪警的前导，去猎捕华侨时，跟它们在国内一样卖力。

我说，但它们的吠声为什么还是Ego!Ego!（爱国爱国？）的呢？“爱”中国还是“爱”菲律宾国呢？

哈哈！朋友笑道。你就是这一点糊涂。现在中菲都一样了，狗们“爱”的反正是“剿匪国”。

“美国出超多，我们入超多，”但我们也有一样在出超：狗。

“上海好不好”

“上海好不好”

这是蒋主席由台湾驾返，向上海市长问的话。

我不知道这句话的标点该用什么，所以空白。报上原也未加标点，空白。

问号吧，但主席的口气，会像我们朋友间谈话“好不好呀？”那么随便的？叹号，逗点，圆圈，都不适切。

但回答这问题是容易的：上海好。

上海有美国兵，好。

上海的美国兵踢死黄包车夫，比香港警察踢死一个小贩太平得多了，好。

上海的黄包车夫，而且就将一律取缔，以免“违反人道”，更好，妙！

上海并且取缔了几十种期刊，剩下的一种在刊物里登一则这样的启事：“如在报摊书店买不到本刊，请电话通知，当按址送达。”好之至！

谈“悲剧”

听说上海有些剧作家在写鬼神怪异，使我联想到：悲剧之与悲剧国家，往往无缘。

平常所谓“一掬同情之泪”，想来该是很容易的吧，但假如正在大残酷的笼罩中，向残酷下的牺牲同情，也就有了危险了。危险，人们是知所趋避的，所以悲剧不吃香。

《桃花扇》不但作的时候已是另一个“圣朝”，而在笙歌悠扬之中，偶有掩袂独坐，唏嘘而散的“古臣遗老”，其实也早获得了新奴才暂时安全的保障，就是所谓“兴亡已阑”——大流血和大死亡已渐渐去远了。

真正的悲剧欣赏，恐怕还须在悲剧消失的社

会，人们对于社会的缺陷和因社会缺陷而带来的人性的缺陷，都已经洞若观火，加以救正之后吧。必须在这样的时候，才有大勇气看悲剧的进行，为悲剧中的同类尽情一哭。所以莎士比亚直到现在，也只有很少很少的民族，能够全体地，全心地欢迎。

现在有这样的一种爱国者

现在有这样的一种爱国者！

对于中国人被外人欺侮，是愤慨的；但必须这欺侮中国人的外人不在中国有主宰权。而是比起有主宰权的来，还不过小巫见大巫的欺侮者。

现在有这样的一种爱国者！

对于非主宰中国的外人打坏中国人，是愤激的；但对于中国的军警随处打死中国人，随便抓去中国人，却很满意。

说这是“国货”，所以爱吗？未免不知道早十多年前就有人说过：“常常自己打自己几巴掌的人，很难不被别人打”，如果世界上还有打的事情。

现在有这样的一种爱国者！

不足为奇。因为那报“国”的笔杆，在昨天还是报效“天皇陛下”的。现在就极力的洗刷，用中国人的血！

比丹麦

格林兰是丹麦的地方，美国要拿钱买，一直还没有买成。

丹麦有个漫画家说："如果美国可买格林兰，我们也可以买加里福尼亚。"

这就叫做：民族的自尊心。

说到"民族自尊心"，也是咱们中国的国粹。最近又有人在大声疾呼了："自尊"呀，你们还不"自尊"？

但老实说，在现在谈"自尊"，不像李鸿章盘小辫子出洋，就可以"尊"起来的了；现在要"自尊"，第一件便须不拿金元，如果靠着别人的钞票来"敉乱"，那只好让人家的"飞机进入领空，不加射击"，青岛不准泊中国船，怎样喊，也"尊"不起来的。

不但"尊"不起来，连这一点点"民族自尊"，也终要变成了换取"美金"的商品。这一次的新疆事件，就因为喊得声嘶力竭，马歇尔还价太低，所以我们很"不满意"。

我佩服丹麦。但我更佩服中国的人民，因为他们早就说过，不认这些糊涂账的了！

“误会”

武汉大学三个学生“毙命”，事后说：“出于一时误会。”

到底“误会”些什么？很不明白。

就学生说，决不至于把达姆弹“误会”为鸡蛋或什么——丹麦的学生拿鸡蛋什么去攻击佛朗哥使馆，中国的学生，却只要一些鸡蛋什么来吃，不要吃“达姆弹”。

就宪警说，应该也不把武汉大学“误会”做实弹射击的靶场。但竟有“毙命”情事，真是——“遗憾得很”。

官与民，饱与饿，笑与哭，请愿与杀戮之间，“误会”实在已太深，太深了！

“消除误会”？那将是：永不！

从造谣到缄默

昆明学生的血迹，渐渐淡下来了，但一拿起《吾爱吾师，吾尤爱真理》那本薄薄的小册子，就仍然仿佛置身在鲜浓的血泊中，至少我有这感觉。

翻翻这书，使人知道当时虐杀学生，某些教授也帮了点手脚的，栽赃诬陷，百出不穷。最妙是其中一位迫学生去参加反苏游行，在众人前痛哭流涕打譬喻说："中华民国是我们的妈妈，苏联侵占东北，就是强奸我们妈妈，做儿子的能不反抗么？妈妈被强奸，我不能够说下去了，否则我要滴下眼泪来！"

这位儿子，不消说是伟大的，可惜"苏联占领东北"只在反苏行列叫嚣里持续了几分钟，另一种外兵却在北平天津长住久居下来，这些自命为儿子的，想不到竟不但缄默，还把来"奸"的认做"干爸"，忙着铺床叠被去了。

说起"干爸"，又叫我们想起不久之前，这一派教授的宣扬"大地政治学"，名噪天下。罗森堡（纳粹"哲学家"）虽然上了绞架，他在中国的应声虫却入京做官了。尽管容仪表表，口讲洋文，搬这弄那，这种人学问道德，都不怎么值钱。倒是那些莘莘学子十分厚道，他们还把指挥刀下的英雄尊之为"吾师"而"爱"之，这还不够有礼吗？Gentlemen！

想起了花袭人

据说民社党跳坑之前，是很有一些委屈的，它仍念念不能忘怀"民主"，但又很难辜负政府的好意，所以心里原想，参加了政府，再作打算。

这很使人想起《红楼梦》里，花袭人嫁蒋玉函的事来。临到上轿，还是哭哭啼啼，要生要死，说什么“并不是自己的心愿”，她原不过“怀着必死的心肠”，且先到了蒋家，再死在蒋家那里，表示为贾宝玉守节的。谁知一入了门，便又“见那蒋家办事极其认真，全都按照着正配的规矩”，丫头仆妇，都叫她“奶奶”，也就“无可奈何”，住下去再说了。

到了这时候，剩下来的事情，就只有和姓蒋的睡觉生孩子，还有什么“屈”不“屈”。“嫁鸡随鸡，嫁狗随狗”，原是现成的哲学，何况在王夫人的正统思想下爬出来的花袭人。

不知民社党衮衮诸公，在夜阑人静的时候，也想到花袭人的身份否?

胜利吉普和追车的人们

——题画

这是一辆满载着救济面粉、军粮谷、金条、四强公司股票、孝经、美制机枪、大炮、玻璃袜子……的吉普车，车厢注着“独享”字样，另有“胜利”的大字招牌。

坐车的大肚子，阔嘴巴，身披四强制服，胸佩宪政勋章，腰围原子透明带，头上却是秦代始皇的古冠。

谁也不知道这辆车子要开向什么地方去；灰尘滚滚，风驰电掣，开得那么快，背后的人们喘着气狂追，也追不上。

“这是贵公司发出的百元信用券，请给我们面粉！”为首的人们大概饿得难当了，边追边喊说。

后面，是失业的知识青年、军官和抬着发锈了的机器的实业家。

车上的怪物摆摆机关枪：

“笑话！你再追来，我就喊土匪了！”

1947 年 2 月

非眷莫问

“非眷莫问”，这意思应该是可以懂得的，“眷”字虽然男女对称都无不可，但普通这一句话的意思，大约总是有房子出租的，不怎喜欢单身男人，如果你不曾随带太太，就请免开尊口。

不过，我仅以为应该可懂而已，这四个字的背面，实在隐藏了更多的意思。轻易不租给单身男人，是怕他欠租钱跑掉，还是考虑单身汉较易撞祸越礼呢？我看两个原因都兼而有，总之是经济上社会上一并顾到了。但，主客双方，成交之前，尽可以订约的，竟至于“眷”的有无重要过约的有无，这便颇费思解了。

女人，在中国社会本不太被好意的看待，做了男性的配偶或亲属，也惯常被看作寄生草甚至败家精。惟有“非眷莫问”一句，平地里升高了她们的地位，倒似乎她们有比丈夫更大的力量，保证必付房钱了。如果主张的不出于有心揶揄，那这里面包藏的，恐怕正非女性的光荣而是男女社会一段可悲的历史。

可悲之一，中国社会竟是把两性结婚，认为一种超爱情的束缚，女的从此缠住了男的，使他动弹不得，房东先生那么看重“眷”，就因为他自以为懂得这道理了。事实上，中国人一成了家，却也真的要为家所累，不仅卢俊义忍气吞声走上梁山泊，为的是这，连千秋彪炳的大英雄关云长，不也为他人妻室，累得投降过曹操的么？现在“迫于一家生活”，不得已下一次水的情形，大概也和这差不多吧。

“家”这个中国字，本就是一匹驯良的牲畜，给囚在一间房子什么里的意思，所以要有被束缚之感，是不消讲的了，问题在于这束缚是怎么引起的，男束缚了女，抑是女束缚了男？如果说男女同受其累吧，原因又在什么地方呢？古诗上一位女子说过两句心酸话：“不我能畜，反以我为仇”，这样看来，被当作一匹牲口来“畜”的，不是男人，倒属于女人了。两千年来中国的男女关系，或者说家庭发展史，一言可以蔽之，是男人畜养女人。女人活动的天地，不能超出家的范围，和猪圈里的猪活动的天地，不能超出猪圈的范围，没有很大两样。男的以畜者的英雄自任，看养家活小是起码的个人光荣，女的呢，被封绝一切出路，也就只好俯首贴耳受畜，等待别人“不能畜”或不愿畜而翻脸的悲惨日子的到来。到了其时，为了生存，她也许真要拼死命去缠住他的吧，但这是多么可怜的事情哟？房东先生竟利用太太们这点苦痛的挣扎，以为能够于他有助了！

可悲之二，“女”原即“奴”，古时候奴隶主的大小，固由他们拥有奴隶的数目决定，就是后来的官商阔人，不也可以由妻妾的多寡看出那阔的等第吗？有“眷”的比无“眷”的，地位确乎要高出一点了，那也只好说“女”“妻”这些字的本义，还不曾因时代死灭而死灭，一个奴隶的奴隶主，就比较阔了这许多!

什么时候，才再看不见“非眷莫问”的字条呢？我想恐怕要在家的意义改变，她或他谁都不是畜者受畜者，没有“女人必须死缠住男人”这可怜的弱点给房东利用的时候，也就是妇女获得解放的时候。

1947 年 11 月

论怜悯

一

十九世纪资产阶级文学家们有一种普遍而可贵的感情，就是怜悯。他们对于个别人的不幸，感到好像就是自己的不幸，因而发生一种悱恻甚至凄恻之感，对于制造了种种不幸的社会本身，表示了很深的遗憾。

这种悲天悯人的情操，和一个充满了剥夺、仇视、动乱不安的社会制度对照起来，显出了是一种崇高的感情。但一般说来，这种悲悯因为是处在这一立场上给予另一立场的人们，所以对于那些“不幸的人”，很少能有真正的好处。高尔基在一篇叫做《圣人》的小说中讽刺过这样的悲悯家，他到处去向贫苦的人们演说他们的灾难和不幸，他的眼泪可以流成大河，他觉得这个世界已经走到末日了，结果是被一个工人把他叫做“老猴子”，赏了他一记耳光。

怜悯感情被认为可贵，应该是和旧的在势阶级的道德观念相适应的。当这个阶级欣欣向荣，社会和经济都相对地稳定的时候，它不怕宣传人道主义，拿一点怜悯去给“个别不幸的人”，但同时也就发生叫被怜悯的人暂时忘记其痛苦的作用，引高尔基的话来说，就是教人“屈服于被认为永久不变的社会关系”，缓和社会的阶级斗争。当这种阶级趋于垂死和衰落，面对着社会、经济的混乱扰攘的时候，这一阶级的人道主义说教者，也只能拿笼统的“人类爱”和怜恤“个别不幸的人”作为一种所谓救世精神，认为这是最高的道德标准。他们之所以这样，是因为除了怜恤之外，找寻不到真正有效的道路来解除人类的痛苦和不幸。

根据怜悯感情出发，就产生布施行为。在被怜悯和被布施的人看来，布施和怜悯只是片面的，不可能是相互的。只有资本家向工人布施，个别幸运的人对个别不幸的人布施，有钱的人向穷人或乞丐布施，压迫阶层对被压迫阶层布施。有谁听见过工人向资本家布施，被压迫者向压迫者布施的吗？没有的。因为它是片面的行为，所以当作为一个阶级的不幸者和贫困者觉悟了之后，他们就不再安于被怜恤的地位，就会察觉人道主义只是一服清凉剂，巨人恩格斯说得好：“贫困叫人祷告，更重要的是叫人思考和行动。”由此可见，使痛苦的人暂时遗忘其自身的痛苦，使社会阶级斗争暂时缓和下来的布施应该重新给予估定，是一件很自然的事情。

觉悟了的被压迫者，已经把握到了一个有效地消灭人类的不幸的武器，那就是：阶级斗争。只有通过阶级斗争去消灭阶级社会，才可能到达普遍解除人类痛苦的彼岸。因而翻身中的阶级就有了他们自己的道德观，因而，舍施与基于一定利害立场的帮助，怜悯与基于一定利害立场的同情，就必须从根本上加以区别。这也正是很自然的事情。

但在文字或口头上，都听到过一些朋友说：假如一个游击队员在敌人穷追的时候，老百姓把他救了，给他饭吃，还保护他，难道也说不要被人施舍么？假如列宁在西伯利亚流放的路上，有人民同情他，帮助他，也说不要被人布施么？但朋友们啊！在这种情形下，为什么你以为是一种“怜悯”“施舍”呢？为什么不会是一种更可贵的阶级的友爱呢？

二

鲁迅先生曾经说过他自己的一个故事，某年冬天，他在电影院门口碰见一个十二三岁的女孩子，是小学生，在募集水灾的捐款，因为冷，连鼻子尖也冻得通红，鲁迅先生说没有零钱，她就表示了非常的失望。鲁迅先生觉得对不起人，就在买了戏票之后，给了她一块钱。她这回非常高兴了，称赞道："你是好人。"

但后来，据鲁迅先生说，他回到家里后，"一天的心情却不舒服。"为什么呢？当然，鲁迅先生明明知道，这一块钱是"给水利局的老爷买烟卷也不够的"，可见他不是懊悔这钱错给了别人；他原是不愿意那小学生失望，那小学生的希望又正是纯真无邪的，能够花一块钱而使一个天真未凿的女孩子喜欢，去掉失望的阴影，即使明知这块钱不会被送到灾民手里，不也很好吗？

鲁迅先生的"心情不舒服"，是在于他自己事后觉得，他对于那个天真无邪的女孩子，不应该拿这样一点点"恻忍之心"去怜悯她就算完事。这样做法，自己把一块钱拿了出去，心是暂时得到平安了，但如果是一个很富有责任感的人，事后就会感到这暂时的平安是一种欺骗，是对于更切实重大的责任意图推卸。所以鲁迅先生把这事写出来，题目就叫做：《我要骗人》。他说："为了希求心的暂时的平安，作为穷余的一策，我近来发明了别样的方法了，这就是骗人。"

当然，鲁迅先生不是主张施舍怜恤的人，他

只偶尔对这样一个女孩子，又是为水灾捐款的，动了怜悯之感，但事后也觉得必须检视这种心情，并且还把自己的自我批评，写成文章发表。我想这里面是包含着教育意义的吧。因为鲁迅的结论是说：

要彼此看见和了解真实的心，倘能用了笔、舌，或者如宗教家之所谓眼泪洗明了眼睛那样的便当的方法，那固然是非常之好的，然而这样便宜事，恐怕世上也很少有。

鲁迅先生所以反对自己和别人“希求心的暂时的平安”，就因为这是太“便宜的事”，那么应该怎样呢？鲁迅先生告诉我们，要“用血”。要把对于“个别不幸的人”而流的眼泪，凝结成仇恨，把一切的怜悯心情化为愤怒、争斗的心情。

三

现在想进一步谈谈怜悯感情和战斗感情。

我们应该承认，如说怜悯感情和战斗感情不发生一点交互的关系，是不可能的。尤其我们知识分子，大抵都经历过相当长期人道主义的陶冶，就拿文艺说，直到今天，存在于世界文坛上的作品，多数还是站在人道主义立场上，发扬并宣传一切人道主义道德的。我们接受了这些影响，也不一定就坏，但我们今天的现实已大不相同了，它强迫我们走上更惨酷也更尖锐的斗争，为了这斗争，就不能不在思想上改造，并不断摔掉不很健康的感情。我们从人道主义走到战斗中来，是可能的，而且对于我们说，有时还是不可避免；但到了某一时期，就需要把战斗的感情提高，把人道主义的怜悯的感情加以一定程度的克制了。

就拿施舍乞丐来说吧，如果看见一位朋友，在马路旁边掏出一毫子给乞丐，我们绝不会糊涂到加以制止。不过如果这位朋友因这廉价的布施，便感到这种怜悯的感情是一种很正常很崇高的感情，给了一毫子，就可以回去心安理得的睡觉了，那么我想有人提醒他一两句，也并不苛刻吧。因为我们在这里所着眼的不是救济乞丐的问题，而是谈像我们一类青年人的思想感情问题。

如果从这样一个方向去理解，我们就会发觉怜悯感情和战斗感情存在着互相抵消的矛盾。不是这一面在相当程度上压低了那一面，就是那一面阻碍这一面的更高发扬，这我以为，鲁迅先生在上面所引的文章里也说明过了。但有些朋友还是说："流的眼泪愈多，怜悯的心愈重，战斗起来也就会愈勇敢。"我对这种说法是怀疑的。因为在现实里不可能这样。当然，要是像贾宝玉或林黛玉，哇的一声吐一口血出来，那样纤情，那样善感，而同时又可以去参加八百壮士守四行仓库，是应该加以赞美的事情，但这样的事，也正如鲁迅先生所说："恐怕世上很少有。"

是的，鲁迅先生说过，青年人要敢说，敢笑，敢哭，敢怒，敢骂，敢打……，但那哭，必须还得有说、笑、怒、骂、打，而且还必须不是"我梦中宵有泪痕"那般悲凉的哭，而是一种愤怒的寄托，痛苦的呼号！那哭，不是"对个别不幸的人"都一律给予怜悯的泪，而是一生也许只有一次的痛哭啊！在战场上，一个战士倒下来了，是要哭的，但如果是一场残酷的战争，如果第二个，第三个战士还要倒下，那么勇敢的人就一定不是对着死尸哭，而是冲上前去复仇。

宗教家和旧人道主义的说教者，有时也引列宁为自己的同调，说："你看呀！列宁也是一个心肠很软的人。"这种引证，是仅仅把一两件身边小事孤立起来看而得到的结论。譬如因为列宁爱动物，在一次打猎中，他看见了一只狐狸，却没有开枪。有人问他为什么，他说："这狐狸生得太美了！"倘若一个唯美派艺术家在旁边，说不定就会把列宁的话引去做自己的论据，认为列宁跟自己是一派了。可是作为一个战斗者的列宁，和宗教家或"人道主义"说教家是殊途的。他正是主张"把眼泪化作仇恨"的人，他说："今天不是抚摩人类的头的时候，今天是人们的手降格去打破头颅的日子。我们的最后意想，是反对一切残酷举动的，但今天却不能不毫无怜悯的打破头颅。——这是一件如同地狱那么无情的苦事。”那么，列宁不可能被看做一个心肠很柔软、眼泪很多的人，是显然的了。

今天“不能不”的“苦事”，是“毫无怜悯的打破头颅”！人道主义的道德观比那些非人道主义虽是好一点，但真正要达到“人人之间”的爱，在今天首先还得要经过“打破头颅”这一重“苦事”，而正因为“打破头颅”的斗争是“毫无怜悯”的，因而就有人以为是不讲“人情”的了，但如果一定要“打破了头颅”之后，被压迫的人们才能够翻身，那为什么不应该看做最合乎人情的呢？反过来说，“怜悯”即使很合乎“人情”，它对于要“打破头颅”求翻身的人们也并无益处，甚至有迫使他们自行缴械的危险啊！

1948 年 1 月 23 日

马车夫的“逃亡”

《观察》五卷六期上，一位名叫汪铭的作者，发表了一篇“文艺”：《逃亡》。写的是一个在安东赶马车为生的马车夫，“远远地从东北逃到北平去的事实”——

国军撤退了，共军进占了安东。事前张老三本来不打算离开故乡的，架不住亲戚朋友的劝动，他也就活了心。最大的原因是听说八路一过来，阔人就没有了，而且有力气的人必须去当兵。阔人一没有，张老三还能赚谁的钱，更何况去当兵！……他虽然认不得几个方块字，可是“中国人不打中国人”的见解，却在他脑海里是一个先入为主的天经地义。

因此作者就叫这“很结实的小伙子”经过长途的跋涉，碰到许多的患难，好容易“逃”到了北平。可是没有想到北平的日子，竟是如此难过，找不着房子，找不着职业，后来虽然租到一辆三轮车，仍然卖气力吃饭，可是终于敌不过飞涨的物价，跟老婆儿子饥一顿饱一顿地过日子。直到健康给损坏了之后，又被认为“散兵游勇”，给抓丁的抓了去当兵。不到一个半月，孩子死了，老婆投河自尽，张老三虽然被证明是有病的，给放了回来，但在这家破人亡的惨剧中，他也再不能活下去。

邻居们听到他们这一家逃亡来的东北人死得这样惨，都觉得心酸，……不过有的邻居不相信这回事，他们觉得张老三是一个很结实的小伙子，他不会死，他还活着，活不下去也得活着，纵然继续在逃亡！

故事是悲惨的。作者不用说十分同情这位马车夫。这马车夫不仅仅是马车夫，在作者的意图，他实在应该是老百姓的代表。所以他说：“这年头儿吃亏的总是老百姓……”十分明显，“老百姓”不但吃国民党统治的亏，也吃了解放军的亏，要不是解放军占领安东，怎么会弄到张老三“逃亡”呢？所以作者鼓励他的英雄说：

——活下去，纵然继续在逃亡！

但我们凭常识理解：这却是很奇怪的一个马车夫呀。阔人，当解放军来了，是要逃亡的；这“本来没有钱而且也没有地”的马车夫，为什么“阔人一没有”，就非逃亡不可呢？他替人赶马车，是出卖气力，解放军来了，阔人的阔气要没收，穷人的气力却不会给没收掉的。他还可以一样赶马车，虽不是替阔人“搬运行李到车站或飞机场”。这点道理，那“认不得几个方块字”的张老三不见得不能懂。否则佃雇农们也势必要逃亡，佃雇农们替阔人耕田地，照汪铭先生的看法，“阔人一没有”，他们岂不也是“还能赚谁的钱”的了么？

在阔人眼里看来，穷人们总是吃着他的饭。因为地面上的东西差不多全是阔人的，饭，当然更不例外。穷人们只剩了气力，气力之外，没有别的东西。气力本身不是物质，要物质，就得把气力卖给阔人。无论赶马车，做木匠，当长工，做厨子……都是这一路。至于阔人们吃谁的饭呢？倒似乎一点不成问题：吃自己的。可惜古人说过“非小人无以养君子”之类话，他们实在没有理由像这般坦然，以为一点不占犯别人似的。

还有一层，应该拆穿一下，作者说张老三怕解放军来了要当兵，他抱定“中国人不打中国人”的见解，认为天经地义。自然，如果一个还不很觉悟的马车夫，不怎样积极要求参加解放军，是可能的；但“中国人不打中国人”，并不见得因此就成为天经地义。他是个替阔人赶马车的，说不定就吃过鞭子或者耳光，假如幸而没有，那么只要他的父亲、祖父，也是赶马车或做别种出卖劳力的人，总难说没有机会挨过打吧；不过那打人的是阔人，而阔人打穷人，也是一个“天经地义”。正像农民纳贡，地主收租一样，乃“千古不易之成规”也！

1948 年 10 月

论“国家将亡，必有妖孽”

前些时候，青岛征收女子卷发捐，再近一些，张家口（国民党占领下）警察也挂了节约的招牌，“制止涂唇画眉，如有发现，即以黑墨溅其唇上”。

于是有一位作者感慨起来了。他认为女人“到底是一群弱者”，“充其极，只能哭哭啼啼而已”。所以大人先生们专向妇女开仗，“这样的战争，是必定旗开得胜的”。临末，这位作者还轻轻嗟叹说：“从前有人写过这样一句警号：‘国家将亡，必有妖孽。’可见从来的大人先生们对女人就没有什么好感，又何怪今之大人先生呢！”

不难看出，作者是站在同情妇女的立场上立论，心肠很好的。但我以为他未免把今天的妇女看得太过于“弱”了。就说那些涂唇画眉的女子，也不见得还是原封未动守着三从四德的那么贴服，“充其极，只能哭哭啼啼而已”的。“以黑墨溅其唇上”，自然可以看成对待弱者的行为吧，但如果现实的社会竟仍有涂唇画眉的女人呢，就反见出究竟有些妇女不畏“黑墨”；不畏“黑墨”，不也是一种小小的抗叛了么？我要赶紧声明，我并非主张女人都去做“密丝佛陀”狂或“巴黎之夜”狂，但对于那些在“溅”风底下有所不畏的摩登女性，确是存着几分钦佩的，因为她们到底带点叛逆的“妖”气了。

说到“妖”，我以为就是“国家将亡，必有妖孽”那句话，也可以说明从前的妇女未必都是弱者的，——至少在当权者及其帮忙帮闲们眼中如此。要不多少有点离经叛道，损坏了三从四德的封建教条，你想，怎会被加上“妖孽”这称号？而且，为什么都是“国家将亡”的时候，才“必有妖孽”的呢？就因为统治者的政权已经“式微”，走向下坡路，甚至于土崩瓦解了！这时候，惟有在这时候，统治集团对于他们自己的力量才开始失掉信心，才越想越怕，想到平时在高压政策下贴贴服服的奴隶，这时候就会靠不住，就会起来叛逆和破坏，把自己的集团推翻。当“清平盛世”，有谁说过哪儿出现“妖孽”的？因为即有叛逆，也很快就剿平，杀掉，当然不会留下什么痕迹来。

有人要说，古时候男士们把亡国的责任，整个儿推在女性的身上，把女性称为“妖孽”，不过一种赖账的意思。五代时候的花蕊夫人不就抗议过吗？她说：“君王城上竖降旗，妾在深宫哪得知？十四万人齐解甲，竟无一个是男儿。”鲁迅先生也说过：女人决没有那么大的力量，可以亡人家国。但我想加一点解说，那只是指古时候的女子而言，而且只是指那些做玩弄品或出气筒的女子。至于明末的唐赛儿，乾嘉年间的王赛昭，被称为“妖妇”和“牝贼”等等，那意思就包括进一步的含义，——在痛恨她们造反了！现在不是还有一类记者，专喜欢把人民军队中的女性说得不像人，加以“公妻”呀“肉体引诱”呀一类恶毒的描写吗？我看正是继承着这种道统的。

时代到底变了！造反的女人已经遍天下，“妖孽”的队伍已经是旷古未有的壮大起来了。谁能说今天的妇女仍是“一群驯服的弱者”，“充其极，只能哭哭啼啼而已”？妇女要求解放，不是要“今之大人先生”对她们“好感”一点，客气一点，派三两个“立委候选人”之类，而是干脆得很的三个字：要造反！

要解放就得造反，就得做反动派眼中的“妖孽”，“国家将亡，必有妖孽”这句话，也未尝不是至理名言。

1948年

城与年

我总是不能够忘记一座城，我们县里的小小的城。

不知道什么时候起，它就已经存在。它站在那儿，永远在老地方。墙的颜色褪落得不可辨认，砖块和砖块之间爆开比拇指大的裂缝，莠草从裂缝里透出来，证明它经过了很长的年代，它很古老。

但它还是站在那儿，它代表一个权力，它从来不肯倒下。

人们只要一看见那斑驳的城墙，就想起监狱、官、钱粮、差吏、堆满了坟头的刑场……

一年，两年，十年，一百年……这城都没有什么变化。官换过了，但不必知道他们的名字，无论哪一个人做着官，城的一切依然一样，乡下人的一切也依然一样，压迫着人们的——是那城！

后来有人把一块一块的砖头拆下来，原来立着墙的地方成了平地，成了马路。但那座城依然存在，千几百年铸造下来的许多规条，比砖头更要硬，人们只要从那地方走过，甚至不必从那地方走过，就知道那儿是一座厚厚的漆黑的城！

它代表一个权力，它永远是吃人的地方。旧的城墙满粘着人的肉，人的血，人的眼泪；而没有城墙的城，这无数的血肉眼泪就堆叠起来，凝集起来，使人们一看就知道那儿是城！

它代表一个权力，所以总不肯倒下来，它变了没有城墙的城，但它还站在那儿……城的寿命比人长，长得多，他的父亲、祖父、祖父的祖父，都见到过这城，害怕过这城，仇恨过这城……

总有一年，它要决定地倒下来，它倒下来了，就永远不再存在。它倒下来了，人们就要造起美丽的城来，而且也永远不再记得，在那儿有过一座十分丑陋的城。

我知道这一年已经来近，我甚至看见它来了。

1949 年 1 月 1 日

春初杂识

民意测验是洋玩意儿，并非国货。从古以来，要“民情上达”，在中国是用着另外的方法的：拦马告状，或者擂鼓鸣冤。可惜这样的表示途径都太不自由了，人们看过京戏《四进士》么？按规矩是不问所告何事，有理无理，总得先打几十大板，才准发言的。所以向来勇于发表“民意”的小民百姓，总是很少，偶然有一两个，那便要成为了不起的人物了——宋士杰、梁天来，不但入小说，入唱本，还一直是戏台上脍炙人口的英雄好汉，我想原因就在于此。

但历来又有很多说“民意”这样，“民意”那样的野心家，他们所说的“民意”，到底从什么地方得来的，真无从想象。大概除了关起门来制造之外，并没有旁的法子。至于小民百姓真正的意志，是不是就永远埋没了呢？也并不。不过所采用的表示方法，常常只能跟拦马告状、擂鼓鸣冤反一调，那就是：呷血、跪香。

一方面是绵密非常的防范，一方面作着暗暗

的决死的斗争，中国的历史就在这种局面底下继续了很长久的年代。年代是向前走的，那些暗地里呷血、跪香的人们，现在已经可以公开宣布他们的意志了，他们已经壮大，已经组织起来，已经获得了从前所没有的知识，所以他们不怕屠杀，从无数鲜浓的血泊当中走过来，他们看得清谁是洗了手的屠杀者，谁的手还没有洗干净，谁暗藏着一把尖刀来跟他们谈“和平”。

要知道今天中国绝大多数人的民意，不见得是困难的事情，就因为上面说的，它已经公开宣布，它已经不怕中国的专制魔王和外国的压迫者知道。在这时候而还硬要装出不知道的样子，希望有一两个“老百姓”来向那一位老爷“拦马告状”，或者像某美籍记者那样，在南京官儿的宴会上发动“民意测验”，那他一辈子也不可能知道丝毫真相的。（不过我还是过分地说的，他们也许原来就不要知道真相。）至于曹聚仁“从民意测验看今年中国”的假把戏呢，也以不演下去为妙。什么“南北对峙”呀，“重开和谈”呀，即使在你的“测验纪录”上拥有百分之九九点九赞成派，并不见得就有人信以为真。什么道理？上面也说过了，不妨引用一句老话：这种玩意儿“于咱们的国情，不大适合”。

第一层就必须不再要类此的鬼把戏，要知道

明目张胆的帮凶固早给人们看穿，鬼鬼祟祟的把戏也是会给戳破的；狐狸尾巴不切掉，怎样变得个人形出来？

我希望真正要知道中国民意的一切人，今天也反一调：不去睬理那些古灵精怪的什么“测验”而是睁大眼睛注视在光明的地方打出来的旗号，和大踏步前进中的人民的宣言。

1949 年 1 月 12 日

两代居里夫人

“我亲爱的绮瑞娜，……德国人正通过比利时，那个勇敢的比利时不肯不抵抗就让他们长驱而过……法国人都觉得很有希望，以为这次奋斗虽很艰难，一定有好转变。

波兰已经被德国军队占领，等他们通过之后，波兰还能剩什么呢？我一点不知道我的国家怎么样了。——母。”

这是1914年8月6日，玛丽·居里夫人写给她女儿绮瑞娜的信。居里夫人的祖国是波兰，所以当第一次欧战爆发的时候，她不但担心战火要烧毁了法国，还担心波兰在德军铁蹄下不知会变成了什么样子。但战争终于爆发了，炮火迫使居里夫人放弃她数十年来平静的研究工作，迫使她参加了前线的服务。这时候，她只有一个念头：把强悍的德国人打倒，帮助法国渡过这一场“很艰难”很危险的瘟疫，就会“有好转变”。为了这样一个善良的愿望，一位全世界瞩目的大科学家跑到前线，亲自开汽车，亲自救治伤兵，亲自把科学知识直接贡献于在炮火中受难的人民。不但如此，她还把自己所有的钱都捐献出去了，在战争开始的几个月里，她跟绮瑞娜商量说："政府要求个人捐助金子，并且不久一定发行公债；我想把我所有的一点金子献出去，加上我的那些科学奖章，因为它们对我毫无用处。第二次诺贝尔奖金仍旧留在瑞典，这是我们的财产主要的部分，我愿意把它提回来，换成法国钱币，买战争公债，因为国家需要它。但是我没有什么痴想，这笔钱也许会失掉的；因此除非你赞成这样办，我决不做这件'蠢事'。"

结果她还是把这笔钱和一些奖章一道捐出去了。诺贝尔给她的科学工作的报酬，被溶成步枪和子弹，投进那场大规模的厮杀中间去。感谢上帝，她的这笔钱虽然真的"失掉"了，战地的风霜虽然吹皱了她的脸容，也荒废掉她不少宝贵的光阴，但法国总算"战胜"了。和平又降临人间了。她如何能够不感到自己的善良愿望已经得到应得的报酬，这报酬不下于甚至高于诺贝尔给她的，又怎么能够不感到自己的"痴想"也终究不太"痴"呢？

这之后，她就一直相信国联，为国联而努力奔跑，相信国联可以保障世界和平。

如果我们对一个伟大的灵魂在战争中受到的

痛苦和怀有的希望不作善意的考察，那是不公平的。但是，善良的愿望如果仅仅止于善良的愿望，它得到的报酬也实在太小了！不，不是太小，简直是没有！那自以为是报酬的获得物，简直是欺骗！居里夫人所重新见到的和平，是什么样的和平呢？只是暂时的和平，像肥皂泡一般脆弱的和平。你看，经不起“为了利润而变成恶魔”的战争狂徒们一吹，在1939年就又破裂了。倘使1939到1944年间，玛丽居里夫人还活在人世上，她就会像一个小孩子看到自己的氢气球砰然一声破裂了似的，感到她的善良愿望的破灭的悲哀。1939年，拿着希特勒的武器的德国军队，又长驱直入地蹂躏那苦难的波兰大地，居里夫人的波兰更“不知变成了什么样子”；而那个用居里夫人的血汗，以及千百万法兰西兵士的血液拯救起来的法国，也并不曾有什么“好转变”；只要它一天还是贝当、雷诺、拉伐尔们当权的法国，一天就不会有“好转变”，一天就不能杜绝战火来烧燃它。假如居里夫人看到1940年巴黎陷落的情景，假如在她相信善良的愿望已经得到酬报，相信国联可以保证和平，相信她致力国联的工作是她对人类积极的贡献，相信“好转变”起来的法国从此可免于战争之后，不到二十年，再目击巴黎以及法国人民呻吟在残酷战争的毁灭行为下面，她的心头不知要发生一种怎样挫折的感情，怎样深沉的悲伤吧！她也许会明白，从前在自己迷蒙不决的，意想之中认为“蠢事”和“痴想”的，终究不会是别的什么，老实是“蠢事”和“痴想”。

除非人们能喊出比一个“单纯的善良愿望”更强有力的声音，除非人们能改变对于和平与战争的看法，从根本原因上去消灭战争；除非人们认清战争的魔鬼隐藏在哪里，像科学家对付瘟疫病菌一样加以彻底的消毒，除非人们能做这一切在“蠢事”和“痴想”之上的事情，战争决不会从世上消灭。而且，还有，除非人们认识苏联，认识和平与苏联不可分，苏联就是和平的旗帜，就是和平的磐石，就是和平最大的强固的支柱，除非人们敢于拥护这旗帜，这磐石，这支柱，敢于反对那公然要求损害这支柱的人们的主张，敢于英勇的与他们战斗，战争也决不会从世上消灭。

在梭镇墓地里安静地躺下来的居里夫人，已经离开这扰攘的人间十四年零九个月了。她来不及看见人类再度经历的一次浩劫，来不及接受一切有着善良意愿的人民所重新接受了的一个深刻巨大的教训。但正如她说过的：“责任落在绮瑞娜肩上。”绮瑞娜，这三十年前“一个镇静、单纯、而天真的女学生，对物理学抱有一种野心，不问她的生涯能否像她母亲的生涯那样灿烂，她不觉得一个太伟大的令名压着她”的绮瑞娜，正在坚毅地肩负着她母亲未完的工作和未了的愿望，瞻望着人类幸福的前途。她已经不是当年的绮瑞娜，一个在十七岁就跟随母亲经历了战地工作，三十七岁就因“人工放射性”的研究获得诺贝尔奖金，在巴黎沦陷的日子中咬着牙根渡过漫长黑暗的日子，以世界著名的优秀原子学专家的身份遭受过美国移民局侮辱的绮瑞娜，不但“不觉得一个太伟大的令名压着她”，而由于她为人类工作，奋斗过来的劳绩，已经使她的生涯比她母亲的更其灿烂，世界人民都知道她的劳绩，欢呼她的名字了。今天的绮瑞娜不是别人，就是今天的居里夫人，奥若安·居里的工作伴侣，世界和平大会发起人之一。而今天的奥若安·居里先生，也已经从二十年前居里夫人主持的镭学研究院中一个“脸孔瘦长，眼睛老是发射着静穆的光”的学生，成了法国第一位的科学家，从弗列德利柔利欧成了奥若安·居里，成了比当年的居里先生更闻名的科学界权威。绮瑞娜和奥若安都知道应当怎样去继承居里先生和居里夫人这伟大的名字。不但如此，更重要的，知道怎样去继承那来自波兰民间的一个贫寒女子崇高的精神传统，怎样更进一步推进世界人民拥护和平的要求。

绮瑞娜·居里已经比玛丽·居里夫人坚强得多

了，人民的和平力量比二十年前强大得多了！人们已经懂得消灭战争的正确途径，知道打击战争分子，使战争胎死在反动派的腹中；知道用公开号召、团结、检阅人民和平力量的斗争方式，答复野心家公开的挑战。更重要的，人们知道要保卫和平，就必须站在进步人类的旗帜下面，必须反对损害和平柱石！绮瑞娜·居里，现在的居里夫人，就是这样反对战争、保卫和平的。她做了比玛丽，居里夫人所做的“蠢事”有效千百倍的事情！对于全人类福利前途的贡献，将也无疑地比玛丽·居里夫人还要大。

1949 年 4 月 7 日

丰年小集（四则）

人与制度

一个人走了，并不等于制度走了。

人象征制度，代表制度，但不等于制度。

但代表这制度的人走了，证明这制度正在急猛地垮下来，唯有这制度在决定地垮下来之中，它的象征者才必消灭其幻形。

使这制度垮到底！

蛙　话

无锡南门外青石桥畔的池塘中，发生一大群青蛙互咬的奇闻。

据报载：“四日黄昏忽然发生了怪事：千余只青蛙发生战争，彼此咬踢，响声震耳，池水四溅，一时引起路人好奇观战。”

这一边的青蛙：呱呱呱！

那一边的青蛙：呱呱呱！

这一堆青蛙：咯姆！咯姆！咯姆！

那一堆青蛙：咯姆！咯姆！咯姆!

这一堆青蛙骂那一堆青蛙叫得不好听，那一堆青蛙骂这一堆青蛙叫得简直不堪入耳；但最后的结论却是“民主”的，他们的叫声不同，各有千秋就好。

不知因为水愈来愈浅呢还是池塘太窄，这一堆碰痛那一堆了；于是又互相埋怨起对方的叫声来，终于不免彼此咬踢，但幸而彼此无大损失，都依然做着原来一样的青蛙。

这一来，蛙们的天下太平了。

“你们的歌喉挺好。”这一堆的代表说。

“你们嗓门真不错。”那一堆的代表说。

“本来大家一样！”彼此握手，兴高采烈。

如果太阳存在

蛇、山猪、狼、穿山甲、猴子以及它们的族类同住在一座障天蔽日的大森林里面。

这座森林非常黑暗，从来看不见太阳光，于是它们都相信着：太阳是不存在的。

但一天，猴子怀疑起来了，它说：

——也许外边总有点不同吧，也许外边，走

到这森林的尽头，会有太阳！

蛇们狼们山猪们都嘲笑猴子的思想，它们高声笑，几乎把那座森林震塌了。

可是，猴子鼓起勇气，走一天一夜，终于到达森林的边缘。

啊呀，那儿就有光明，有太阳！而太阳是多么的灿烂，多么暖和！

它又花了一天一夜的工夫，回到森林来对蛇呀狼呀它们说，外面真有太阳，以及太阳是怎样的等等话，这是它对于太阳第一个印象，所以讲来极其兴奋。

但它却万想不到，狼和蛇和山猪却要驱逐它了，它们大叫道：

"只隔两天你就变了，现在，你是太阳的传声筒！"

"我们讨论什么太阳，我们要赶走太阳的传声筒！"

聪明的读者，如果太阳存在，它用得着什么传声筒吗？

如果太阳存在，能看见的人就知道！

"为政不在多言！"

陈济棠"决意"做"海南王"去了，昨天在

他的“民主花园”里，招待记者，记者问“如何治理海南?”陈答：“为政不在多言!”

外国记者批评中国的官僚政治，往往说是弊端在于尚空谈，一大堆纸上计划，却不准备实行的。他们这样说，正因为他们是外国记者，不大懂得中国的国情，实则中国像陈济棠这一类的老“官”而兼“猛人”，是连纸上计划也用不着的，只有六个字，曰：“为政不再多言”。

据陈自己说，他“在粤服务有年”，“幸获多少成就”者，就靠了这六个字的“一贯态度”，可见已经是老本了，担保靠得住。不过倘问“成就”在哪儿呢？陈氏要“恕不奉告”了，“为政”既“不在多言”，“成就”当然也“不在多言”的！

虽不肯说，广东人也略知一二。他做满七年的南面王，一夜之间，坐着一艘军舰飘然到了香港。记得第二天的广州报纸，刊出七十九块一尺见方的金砖也坐着那艘军舰到了香港的消息。可见“在粤服务有年”的“成就”，确实不小。这“成就”，证明了为政确乎不在多言！——何必说什么？没命地刮就是。

好像是周作人吧，曾经说过：“唱着歌的嘴，是不需要接吻的。”这话无甚意思，倘把它翻造一下，“吃着鱼翅的嘴，是不需讲话的”，倒很合乎“为政不在多言”的精神。而人们研究一下这中间的奥妙道理，就不难察觉中国大官们都在应用着一样的口诀，曰：

为政，不在多言；
做官，谁不扒钱？
猛刮，不用多言，
下台，装它一船！

1949 年

比大和比小

有些道理看去很平常，但说说容易，真的去做就比较困难；比方“实事求是”这句话，难道不是我们常常挂在嘴边的么？但无论做文章或办事情，要真正做到“实事求是”，到底仍然不太容易。

不信么？例子尽有的是。往往有这样的情形：上面要大，就来个比大，愈大愈好。于是乎许多“千斤县”都在计划里出现了。可是粮食是要一颗一颗从地里长出来的，从“千斤亩”到“千斤县”，实际上还有不短的距离。于是乎计划不得不打折扣甚至流产。又如，据说响应除“四害”，一个县的百货公司从上海买回来成百枝猎枪。这个数目当然不算大吧，可是每枝售价九十元，一粒子弹价三角。卖给谁？就颇成疑问了。而且三角打一只麻雀，即使百发百中，也决计划不来的。所以这些枪，就静静躺在货架上，只好“待时而沽”。

上面要小，就来个比小，诀窍也是：愈小愈好。比方说勤俭办社，是好事，不但汽车、汽油、收音机暂时停止发展是好的，公差记分也以减少一点为是。但有些地方却连黑板报据说也是浪费的，一并刷掉了。文化班的粉笔同样暂停供应，于是乎十分清净，也十分彻底。

这些自然都是局部的情形，不过类似的作风，却并不是很罕见的；此风不可长，应该引起人们的注意。我们知道，党的领导从来没有在纠正右的时候，可以尽量的“左”；要大的时候，要一个无限大，为什么却出现这种情形呢？真是值得深思。

当要大的时候，如果不大，就会犯错误，只要大得可观，哪怕离开了实际的可能，却并不怎么打紧；反之亦如是。所以第一，邀功诿过的思想在作怪。胜利是可以冲昏头脑或刺激神经的，竟有人把自己看做是《封神榜》上三头六臂的哪吒了，“呼风得风，唤雨得雨”，什么都不成问题；可见第二，狂妄自大的毛病要拔除。

这种作风往往也从理论的宝库中去寻找护身镜。比方自诩为懂得“矫枉必须过正”便是。但是像喜欢独脚走路的人一样，要了一条腿丢了一条腿，总是走不远的。“矫枉必须过正”以认清什么是“枉”什么是“正”为前提，“枉”和“正”的界线已经完全抹掉了，还谈得上什么矫？还有一种更玄妙的说法，似乎唯其如此才能“辩证”，“工作总是在矛盾中前进”。可是必须问问，是事物本身的矛盾呢，还是人为的矛盾？倘若属于后者，那末不应该忘记，像唐·吉诃德式的英雄早就“示范”过了。

1956 年 11 月 1 日

再说鬼

清钱泳的《履园丛话》有一篇《人而鬼》：

有佣工李姓者自言：在嘉定东乡为人挑棉花入市，其时有四更余，霜风飒然，闻荒冢中隐隐哭声，迤逦渐近，见一女鬼，红衣白裙，披发垢面。李挺立不惧，遂将所挑之杖殴之。鬼随堕地呼号。视之，则人也。盖惯以此法夺人财物者。李骂曰："汝欲吓人耶？吾破汝法矣！"呜呼，人而鬼，独是人也哉！

作者的这个感叹，是用意深长的。人扮的鬼，人为的鬼，真多得很，岂独这一个呢？《儒林外史》上那位万里寻亲的郭孝子，就在路上碰到过有人白日扮鬼，一个女吊死鬼挂在树上，伸出长长的红舌头来。郭孝子是个不怕鬼的，所以他倒要走近看个底细，一看，原来是一对夫妇俩搞的把戏，情同拦路打劫——他们不是鬼，是人而鬼，在封建社会中生活不下去铤而走险的人。郭孝子不但没有恼火，反而同情起他们来了。

我家乡有这么个故事：有个有名的师公，到

处帮人画符驱鬼，人病了往往不吃药，先找他来喃咒一番，俗叫“跳鬼”。这位师公很贪心，每一“跳鬼”，规定香案上要有半斤鱼，半斤肉，二百铜钱，二升米之类，否则就不灵应。念念有词过后，他总是把鱼呀肉呀和白米铜钱一起倒进自己的长颈口袋里，背回家去。数十年如一日，吃得体胖肠肥。偏有那么个好事之徒，要捉弄捉弄他，出这一口气。一天晚上，三更后了，这位师公从村上“跳鬼”完毕，独自个回家的时候，路过社坛大榕树脚下，突然看到了一个大头鬼在那里立着。他咳了几声嗽，那鬼不动，于是“啪啪啪”地用力打他那驱鬼的麻绳，鬼也不走；再吹响牛角，鬼依然不走。弄得没了法，心又发了慌，只好恳求说：

“你是大神大鬼，请高三尺！”

那鬼果然一下子就高了三尺。“哟！”的一声，这位师公回过头就跑，把麻绳、牛角，和他的万宝如意口袋都丢掉了。比曹孟德的割须弃袍，还更狼狈些。

原来这“鬼”是人的头上顶了一个猪笼，扮成了大头鬼的。当师公叫鬼高三尺时，“鬼”把猪笼一伸，就平空高了三尺。怎能不把那师公吓得魂不附体呢？

这一类的人扮鬼，和前面那一类不同，倒有

点“以其人之道还治其人之身”的味道。我觉得很痛快。但这是目的不同而已，“人而鬼”则一也。

本来无鬼，偏有人信鬼，有人借鬼诈人钱财，当然也就有人以鬼破鬼。于是乎鬼话多矣！

我说的鬼，也是为了破而除之，一说不足，乃作再说。

1962 年

诡辩术的渊源流亚及其他

在人类的思想发展史上，诡辩也曾有过小小的功劳。欧洲古代就有过诡辩学派，他们对自然界是持唯物观点的，因而起过一定的启蒙运动的作用。在中国，“白马非马”，“飞鸟之影未尝动也”一类以诡辩形式出现的命题，曾经把哲学的讨论引向深入。古代的诡辩学派把“诡辩”看作是探讨哲理和学习辞令的活动，据说诡辩一词，就来源于希腊文“智者”；不少诡辩的命题，的确闪烁过智慧的火花。“白马非马”一类命题，不能简单地看待它们，就是这个缘故。

但完全无理的诡辩，在中国也是古已有之的。《庄子》是一部讲寓言故事讲得颇为有趣的书，但它也搞不少的诡辩。“昔者庄周梦为蝴蝶，栩栩然蝴蝶也；……俄然觉，则蘧蘧然周也。不知周之梦为蝴蝶欤？蝴蝶之梦为周欤？”这位庄周先生甚至怀疑自己不过是小蝴蝶梦中的一件物事儿，这就与哲学很少关连了，只能称之为诡辩。至于最为强词夺理的诡辩，我看要算宋玉对登徒子的攻击。宋玉与登徒子同侍于楚王侧，登徒子批评了宋玉有三个缺点，其中包括好色。宋玉反驳说，好色的是登徒子，他老婆很丑陋，他却喜欢她，同她生了五个孩子。这不是他好色的证据吗？旁边有人支持宋玉，于是登徒子就被裁判为好色之徒了。而且两千多年来，成为了品行不检，好勾引女人的人的代名词。其实，这完全是宋玉用诡辩强加于他头上的罪名罢了。试问，同长得不好看的老婆生孩子，这怎能称为好色呢？两千多年，竟没有人翻这一冤案。因此应该说，宋玉实在是一个典型的诡辩家，他的诡辩术是挺到家的。

诡辩有术，这个术，就是抽换概念、混乱逻辑，而以荒谬的推理当作正确的结论。列宁指出过有些人的逻辑是："鲸在水上，水在陆上，鲸在陆上。"诡辩术的秘奥，也就在这里。比如宋玉的逻辑是：好色属于两性关系的范围，生孩子是两性关系的结果，多生孩子便是好色。他这么一推，事物就被弄得颠倒过来了。

诡辩术一同政治结婚，又产生了新的变种。其危害性之大，决不是蝴蝶儿或登徒子所蒙受的冤枉可比拟的。而在政治斗争中，凡是倒退的、反动的势力，总是以诡辩来维持门面，作为他们的斗争工具。比如，我们现在天天都可以听到，到处大搞霸权，在别人国境上陈师百万的人，却一天到晚唱什么“缓和”曲，把反对其霸权的人们称为“挑动战争”。又比如，派轰炸机去炸别人的国土，用上千的坦克去攻占别人的城市和乡村，却说这是“和平”天使的行为，不是侵略。这种无比露骨的诡辩，竟然充斥报章。

“四人帮”是一切反动阶级的代表，也是我国现代出现的登峰造极的诡辩家。他们搞了十多年的诡辩，把许多事情弄乱了，把许多道理弄得颠倒了，把我们党实事求是、以理服人的优良作风践踏得不成样子了。老干部参加过民主革命阶段的工作，因此是民主派，民主派又必然是走资派，这是诡辩公式之一。抓生产就是不抓阶级斗争，不抓阶级斗争就是唯生产力论，这又是诡辩方式之一。至于交白卷称英雄，从《国际歌》到现在文艺上是一片空白，愈是精华愈要批判等等，更是诡之又诡，无可复加。尽管这些“理论”比鲸在陆上更为离奇可笑，但在“四人帮”控制舆论阵地之时，竟上百遍上千遍被加以吹嘘，这又不是很值得加以深思的吗？昔之希特勒的宣传部长戈培尔说过：“谎言重复一千次就会变成真理。”一切倒退、反动势力的代表人物，其实都是戈培尔的徒子徒孙，戳穿了，只不过因为手中无真理，不得不靠诡辩过日子而已。

诡辩术竟登龙到这种田地，大概是古之诡辩家们所意料不到的。但如果以为诡辩术真有这样大的能耐，那却是误解。霸权主义者及其仆从如果不凭借发动侵略战争的武力，他们的诡辩一天也存在不了；“四人帮”要不是拿着钢鞭和可以致人于死地的帽子，他们的狗屁不如的“理论”也早就垮台。林彪之流所以十分看重“权”，其奥秘就在这里。一切反动派都迷信权力就是真理，在他们的字典里，真理也者，不过权力的奴隶罢了。

要是诡辩术的捣鬼到此为止，那也毕竟是天下之大恶视为宝贝、天下之人民视为敝履的东西，很易分清楚。可怕的是，其流毒也及于常人。比方说，近年来人们会有一种新的社会体验，倘若你走进商店，碰到一个售货员连鼻子也懒得“唔”一下，甚至拿你当麻烦而发气的时候，你说一句“为人民服务嘛”，对方回答：“为人民服务不是为你服务。”这个讲法我疑心也是从“四人帮”那里传染来的。“四人帮”不是说吗，服务好了会出修正主义呀！当然，售货员同“四人帮”根本不能相提并论，但思想影响不能说就没有。他们中一些人正是把售货当作权来看待的，既有权，摆一下架子有什么不应该？产生这一类诡辩，其思想根源很可能就在这里。诡辩是妨害人思想进步的东西。因此，如果我们的学习要做到言行一致，要做一个真心实意为人民做点事的人的话，应该把力戒诡辩作为一个起点。

常人的诡辩与敌人、阴谋家之类的诡辩，从性质和效果看虽不一样，但受其祸害的人，也是屡见不鲜的。例如，据近日报载，在给“四人帮”迫害造成的一些错案、冤案平反的时候，有些单位的有权者还故意要留下一个尾巴。说是“为什么别人都没有察觉‘四人帮’的问题，你就反对‘四人帮’了？可见你反‘四人帮’是违反组织原则的。”这是十足的诡辩。按照这种说法，对“四人帮”的作恶早就看在眼里、恨在心里，甚至站出来斗争的人反倒不对，当风派人物倒是既高明又永远正确了。“不为天下先”，有些人现在还谨守这条“古训”。而对于为了人民的利益敢于对错误的东西进行斗争的人，却要打棍子，打不了棍子也要抓尾巴。其实，这种哲学丝毫也不新鲜，《庄子》上就十分形象地概括过风派的行动准则：“且彼为婴儿，亦与之为婴儿；且彼为无町畦，亦与之为无町畦”，他们像婴儿那样无知，你也学婴儿那样无知吧；他们乱说一气，你也乱说一气吧。这样才会是“达之，入于无疵”的，只会有你的好处，什么毛病也轮不到你的身上了。

当前，在拨乱反正，正本清源的时候，清算一下种种诡辩论的危害性，使社会风气来一个大的改变，实在是有其必要的。

1978 年 5 月 30 日

谈　一

“一”是最浅的汉字，所以粤语方言有句成语：“一字咁浅”。

但“一”却包含着很为复杂的东西。无数的功业可借“一”而成，无数的邪恶也借“一”之名而行。

何谓？孟夫子曰：“天下恶乎定？定于一。”这是说天下统一，才能安定。这个“一”，那就重要之极了。

可是，也是孟夫子的话：“物之不齐，物之情也。”比如五只手指，本来就不平齐，而硬要整齐划一，把它们砍平去，这就违背了物情，就要弄得皮破血流。

但奇怪得很，“一窝蜂”、“一律化”、“一刀切”的风气，却曾经盛行得很，而且可怕的是，至今不衰。

什么叫“一窝蜂”？鲁迅作过很生动的描写。他说，如果在大街上，有那么一个人，吐了一口唾沫，然后蹲下来，自己瞧着，马上可以围拢一大群人来。这是说，看闲热闹，也可形成一窝蜂。至于利之所趋，便如蚁附，风之所向，随时转舵，那就更其突出。近年来，有一名词，叫作“风派人物”，其实并非什么新鲜事物儿，恐怕也是由来已久了的。

什么叫“一律化”？比如《××文艺》，冠以地名，河北广东，同此一律。前几年连作文造句，也非得来一种新“四六”，或插上几句半文半白，既像对联，又似偶语的“豪言”，如什么“迎飞雪”“扫残云”之类。报上天天登出的文告，就都是这一类“杰作”，如出一人之手。报纸期刊的编辑，不把文章改成这个样子，就不刊登。尽管那些大作，到现在可能一篇也留不下来，但其流毒所及，至今有人仍在恋恋不舍，以为非如此就不算文章。又如开追悼会，据我所见，只有一个格式，某人主持，其地位不妨略高于死者；某人致悼词，其地位却断乎要低于死者。而且再没有什么别的人在会上讲几句个人的哀思，或发出几声尽情的痛哭。恩格斯在马克思墓前那种激情演说，就更其难于见到了。

至于“一刀切”，则风靡之久，为害之烈，又超出“一律化”之上。地不分东西南北，限定某日浸种，某日插秧，尽管有的地方年年遭到烂秧，农民多次提过意见，却仍要“切”下去，不愿改过来。学衔职称，不评则已，一评起来，就看指标，定比例，谁也不肯少。为什么“一刀切”如此流行？因为客观事物本来错综复杂，“剪不断，理还乱”，不如一刀，既省事又干净利落得多。

现在看来，“无记名投票”兴旺了，有不少的事情，都委之于“无记名投票”。但我想要是“一律化”“一刀切”的思想根子不清除，对客观情况不作认真的调查研究，“无记名投票”很可能只是官僚主义的缓冲剂。比方说，对一个教师的评价，采取听课学生“无记名投票”就能准确吗？恐怕未必。至于教学质量，更决非多来几次“无记名投票”就可以提高。事无巨细都乞灵于“无记名投票”，这很可能成为“一刀切”的一个新变种。

“一刀切”不彻底改变，人们还要吃苦头。

1979 年 3 月 1 日

从马尔萨斯的人口论说到中国人的生育观

我没有研究过马尔萨斯，只知道他是西方人，在中学时候还听到教师讲过，他认为粮食是按算术级数增加的，而社会上的人口，如听任其自然发展，则是按几何级数增加，这足以引起社会的灾难。他这个理论，没有说到阶级斗争，也许有其缺陷吧，但他见到的危机却是现实存在的。

人类只要具有动物的本能，就可以生孩子，而且与人的美丑也没有什么必然关系，宋玉嘲笑过登徒子，说他老婆很丑陋，却可以生五个子女，就指的这件事。粮食的增加可要麻烦得多了，土地不能随意扩大，肥料不能任意加施，还有风、雨、旱、雹、虫等等灾害，产量有时不但增不上去，还会减下来。马尔萨斯的理论有理的地方，就在这里。

外国如何我不知道，在中国，过去漫长的历史里对于人口的增长，却也是有一种自然的抑制力的。那就是，尽管生得多，由于卫生条件落后，死的也多。婴儿七朝风、五日锁，破伤风菌把小小的生命上千上万地夺走了；至于夭折、中道而亡，也是大量的。再加上战争，饥荒，黄河决堤，鼠疫蔓延……都可以造成“十室九空”，“赤地千里”。这些合在一块，便形成了自然控制人口增长的巨大魔力。由奴隶社会而封建社会，过了三千年，人口的增加还不如近半个世纪所增的多。战国时代，苏秦劝齐宣王合纵，说当时的临淄有七万户，“车毂击，人肩摩，……挥汗成雨”，经过秦、西汉、黄巾大起义和董卓祸乱之后，曹操所见到的黄河流域已经是“千里无鸡鸣”“生民百遗一”了。安定几十年，人口便增长，但接下去往往又是大变乱，人口又下降，增上去，减下来，总的来说增长率是缓慢的。到了医药条件及社会福利有了长足改进的近几十年，人口就摆脱了过去所受的自然抑制，直线上升。由四亿而五亿，“六亿神州”的诗句还在口中，而“十亿神州”的现实已出现于眼前。

马尔萨斯虽是欧洲人，但他的理论经过一百多年，在欧洲却被现实证明是破了产。因为由于物质生产的现代化，科学文明的被利用，在那里，物质增加得也就较快，而人口呢，却是日渐趋于稳定，没有什么增加，甚至稍稍下降。但在东方情况则不然，如像中国、印度，物质的增长率远远低于人口的增长率，人们还是在无节制地生、生、生，马尔萨斯真是不幸而言中，人口造成危机的阴影确乎越来越严重了。我们完全相信，我国的社会主义制度有优越性，但是，如果人口还以三十年来那样的比率增上去的话，就会把社会主义的优越性淹没掉，甚至变成一条沉重的锁链，把我们从前进的道路上拖下来。

在现代科学医疗发达的条件下，欧洲国家的人口为什么反而趋于稍稍下降呢？这里的奥妙，不妨探索一下。是不是西方人都接受了马尔萨斯理论，感到了人口危机而裁减生育？我看未必。究其原因之一，不过西方人特别是妇女，开始想摆脱孕育哺养之苦，在为儿孙做马牛的思想下有越来越多的人解放了出来罢了。

不信请看一看咱们的历史。在咱们国家有句古话，叫作“多福多寿多男子”。多男子竟与多福多寿并列，可见久矣夫就已是人们的美好理想。《诗经·螽斯》不说么：“螽斯羽，诜诜兮；宜尔子孙，振振兮。”因而骂人最刻毒的话，便是“绝子绝孙！”一部二十四史，多少女人因为没有儿子，就失势失宠，平民百姓中，“七出”之律，有“无后”一条。这就使得长期以来中国的妇女不得不把“生男育女”作为头等的己任。

然则，中国的妇女就不感到生育之苦么？恐怕也不见得。老聃的令堂据说是怀胎十二个月才产老聃的，就吓也会把她吓坏了；春秋时代，郑武公的夫人武姜，生郑庄公的时候，不曾坐蓐，而在睡梦中产下，使她一直厌恶这个儿子，千方百计要叫小儿子共叔段夺他的诸侯王位，以至母子之间几乎闹成悲剧。这是说生，至于养育，又何尝容易。所以褒姒赖众鸟而得生，令尹子文吃虎乳而长大，南北朝时代有个读书人，在乱世中，靠乡人给饭吃，要把最后一口饭不吞下去，衔了回来喂自己的孩子。这些都是史书上斑斑点点的记载，至于一般老百姓养育儿女的苦难史，那不消说，更要惨重得多了。

吃了很多苦头，而始终不醒悟，甚至在今天推行节制生育，还有人思想不易打通。这就不能不去追溯一下历史根源。人们之所以想多生，也并非都希冀郭子仪那样享“七子八婿”的厚福，多数人很可能不过是一种以多保少的打算。上面说过，战争、灾荒、瘟疫都曾大批大批死人，这情况尽管今天不同了，却仍然心有余悸，不是农村有人说：“只生两个，你能保证养大吗”之类话吗？这正是这种心理的反映，此其一。穷棒子生活过惯了，对于未来将信将疑，而眼前仍是人多好干活，“多一张嘴，什么要紧，煮粥时多加一瓢水就是了。”此其二。长期的封建宗法制度影响很深，传宗接代，生儿防老，都是天经地义的事。尽管怎样苦，还是要为儿孙作马牛，希望在将来得到他们的报答，此其三。凡此数端，都无不是与长时期的封建统治息息关连的。如果要找中国长期处于封建时代的后遗症，我看乐于生儿育女是其中之一条。

中国人的刻苦耐劳是一向受到世界称颂的，但决不能再是宁可“加一瓢水”，永远甘于落后和贫困了。无节制地生育下去，就会像古代的恐龙那样，由于躯体过于庞大而趋向自我灭亡。我们的人口问题已经影响到现代化进程，是不得不大声疾呼的时候了。倘若在三十年前就采取措施，比现在要好得多，可惜我们那时所采取的，却是宁可变成恐龙，也非得跟马尔萨斯对着干不可的态度。当然，亡羊补牢，犹未为晚，但任务就更加紧迫了。所以今天不是一对夫妻生两个的问题，而最好是只生一个。为了不成为恐龙，这也确是必要而紧急的措施。而要贯彻，则非把中国人几千年来的生育观来一个彻底改变不可。

因此，在当前，在我们中国，计划生育的宣传和实行，不得不成为一件十分重要的大事。在奖励少生和限制多产的同时，舆论界多做一点“打通思想”的工作，也还是很有必要的吧。

1980年2月19日

二　怕

据说，现在流行这么一句话："群众怕变，干部怕右。"这主要是指农村吧！但我们的农村人口占总人口的大半，农村的问题，也就是带普遍性的问题。

怕变，怕什么变呢？因为现在的党中央制订的路线对，政策好，群众拥护，所以担心会不会有一天变了。群众说："政策就是生命。但要是政策不对头，却是要了我们的命。"这是痛定思痛之言。"四人帮"时期不准养鸡鸭，大砍果树，不实行按劳取酬，其结果，弄得四川那样的"天府之国"也闹粮荒，这就叫作"要命"。再早，反右倾，反瞒产，刮共产风，浮夸风，也要过不少农民的命。一次被蛇咬，三年怕草绳。"怕变"，这两个字包含了多少辛酸！

经过了清算极左路线，恢复和发扬了党的优良作风，现在，中国大地上又是生气万千了。党中央号召我们促进安定团结，要同心同德，实事求是，全力以赴地建设我们的国家。有了这条正确的路线，我们的国家就大有希望。这条路线是谁也改变不了的。因此，今天不必再背着“怕变”的思想包袱，应该是精神振奋，满怀信心地向前。

可是，却又仍有“群众怕变”的心理，分析一下，这固然与过去的事实教训有关，与“干部怕右”恐怕也有着直接的关连。我甚至怀疑，正由于干部怕右，才引起群众怕变。

有人说，建国以来根本没有存在过什么右，这不符合事实。但应该说，从后果看，“左”的危害要惨重得多。可是不少人视而不见，听而不闻，却长期以来靠“左”吃饭，把“宁‘左’毋右”当成了护身法宝和保官秘诀。因此，反“左”无论对不对都有罪，反右无论对不对都有功。什么叫不对？比如反右倾就不对。因为所反的并不是右，而是把实事求是反掉了，把讲真话反掉了，把党内民主反掉了。今天大谈什么“干部怕右”，这就不能不引起人们的惶惑和深思。究竟是真怕右呢，还是迷恋“左”？是已经把“宁‘左’毋右”的那一套抛到太平洋里去了呢，还是让它阴魂不散？群众是不能不认真问一问的。群众正是从某些干部这种“怕右”的思想、感情和作风中，似乎感到有点不妙，因而不安，忧虑，生怕有一天，那“左”得可怕的、“要命”的东西又卷土重来。

因此，在二怕中，我觉得值得担心，应早日

求得解决的，是所谓“干部怕右”。作为党和国家的干部，首先要把继续批透极“左”思想，勿忘前车之鉴作为己任，只有在这前提下，同时防右，才是对的。当然，那种左右摇摆，昨天不让种自留地，今天又对弃农经商放任不管的做法是错误的，决不会得到农民群众的赞成。但这并不能证明极“左”流毒已得到清除。离开了历史根源看问题，抓不住矛盾的主要方面，就会得不到符合实际的结论。

尽快克服群众与干部各怀一怕的现象，我们的事业将会更加兴旺发达起来。

1980 年

马谡和本本主义

《三国演义》写马谡失街亭，是一篇精采的文章，其精采之处，不在于什么“孔明挥泪斩马谡”，而在于它批判马谡的本本主义。

马谡出身于望族，是蜀名士马良的弟弟。据说“自幼饱读兵书”，很能背一些本本，可能就由于这样，颇受孔明器重，任以参军。当孔明初出祁山，同司马懿进行较量的时候，马谡自告奋勇担当守街亭的重任。孔明问他有什么把握，他一开口便说：“某自幼熟读兵书，颇知兵法，岂一街亭不能守耶?”并愿立下军令状，以全家性命作保证，这可谓自信之极矣!

诸葛亮虽也赞了他一句“汝虽深通谋略”，实在却是不大放心，派了一个办事谨慎的王平当他的副手。到得街亭，王平主张在平地之上交通要道之间扎寨，以便于阻挡敌人，他偏不同意，却要到一个树林茂密的独立小山头上屯军。王平谏阻说，屯兵山上，不但防不了敌人偷渡，而且倘若被敌人把山围起来，就不好办了。他却引用了

《孙子》兵书的话反驳说："兵法云，'凭高视下，势如破竹。'若魏兵到来，吾教他片甲不回！"口气真不小。王平又苦谏说，如果魏兵切断了汲水道，在山上的士兵连水也没有喝的，能行么？马谡又是引用《孙子》兵书："汝莫乱道，孙子云：'置之死地而后生。'怕什么？"他是主将，当然由他说了算，让王平带五千人自去安营，他则把大军带到山上下寨去了。结果不出王平所料，司马懿把那个山团团围住，蜀兵连水也喝不到，投降的投降，溃散的溃散，被歼的被歼，马谡仅仅能逃命回去。

过去人们论马谡，都只说他刚愎自用，其实，我看他的错误根源主要还在于奉行本本主义。你看，他开口是《孙子》云，闭口是兵书曰，都离不开本本。他以为凡是按本本说的去做，就一定对。事实却是吃大败仗，全军覆没。那么，应该去怪那些本本吗？也不是的。因为《孙子》也好，别的兵书也好，所讲的都是一般原则，而且是在一定的时间、地点条件下说的。马谡却把它们当作万灵的不变之方，不知道也不愿意从实际情况出发，实事求是地办事。马谡失街亭这一回的文章写得好，就好在这里，应该说它把本本主义批得相当透彻了。

当然，像马谡这样的本本主义者，并非绝代

仅见，而是前有古人，后有来者的。战国时候，在长平葬送掉赵国四十万士卒的赵括，岂不也是烂熟兵法却不会打仗的“英雄”吗？至于在我们今天，死抱住本本主义不放的，就更属司空见惯了。不过他们有时却讲得比马谡更振振有词，而还没有遭到或遭到了也不去想一想失街亭一类的教训而已。

1980 年 4 月 5 日

从“成败论英雄”说起

中国有句古话，叫作“以成败论英雄”，这其实是不确的。不过是那些想做英雄而不得、终于恨恨而死的人的尤怨之辞罢了。明代有一个读书人，临到被杀头的时候，还慷慨激昂地填了一首词，那警句就是：“成败论英雄，史笔朦胧。”感慨亦可谓深矣。

中国过去的正史，有些地方也确乎免不了“朦胧”。岂但“朦胧”，遇到要为统治者讳的时候，简直还用“曲笔”。毛泽东同志不是说吗？“五帝三皇神圣事，骗了无涯过客。”就指的这个意思。但尽管如此，史书也并不就是一律从成败论英雄。陈涉败了，司马迁仍得写一篇《陈涉世家》，给一个历史地位；秦始皇是第一个一统中国之君，史书上却对他不少抨击和微词。

广大的人民，对于谁是英雄，那更是极有眼光，看得很准的。那标准，决不是看成败。最明显的例子是杨家将和岳飞。杨家将抗击辽、夏，孤军无援，结果老令公杨业碰死在李陵碑下，儿孙们一个个力竭而亡；正因为这样，受到了人民深心的赞许，成为了戏曲、小说中的英雄群像。岳飞呢，他抗金有功，却被秦桧用阴谋弄死了，罪名叫作“莫须有”。在当时，秦桧胜利了，岳飞失败了，但被人民当作英雄的不是秦桧，而是岳飞。由于过去都是黑暗的历史时代，因此，毋宁说遭到失败的英雄倒反代表正义或光明，从而比起成功的英雄来更受到人民的称许和爱戴吧。

有一出京剧叫《五人义》，五人者，指苏州几个平民，即引车卖浆者流，为东林党人抱不平，竟把魏忠贤的一批死党杀了。称之为“义”，也就是把他们当作了英雄。虽然到头来他们一个也逃不掉被“正法”的命运。《李七起解》中的李七，是一条绿林好汉吧，勾了碎脸，手带枷锁出场的时候，却是虎虎有生气，人们也未尝不是把他当作英雄来描绘的。虽然这类戏在旧戏中不多，但从中可以看到一些消息。

这就更证明了，在历史上，中国人并不是“以成败论英雄”。

再看一看，有些人在活着的时候，曾经纵横捭阖，平地登天，自以为盖世英雄了，结果呢？人民视之不过一团粪土。希特勒就是这样。他一口气灭了欧洲十四个国家，吓得中国某教授也叫“要跟我们这位披散头发的朋友走”了，可是小小一个卓别林，在影片《大独裁者》中就把他当作狂人和笑料加以讥嘲。蒋介石也何尝不自命为英雄，到头来不过是一个独夫国贼。如果杀人多就可以成为英雄，无疑希特勒和蒋介石都是够格的；可惜那毕竟是屠夫的事业，与英雄无关。

可见，凡英雄也者，必然是能把历史推向前进的人，相反，要是有权有位，而去做人民所嫉恨、或与历史发展背道而驰的事，尽管一时之间也有人前呼后拥，也煞有介事，结果都必将为人民所唾弃。“四人帮”自封什么“旗手”、“理论家”，他们凭借一时的权势，妄图把周恩来、朱德、刘少奇、陈毅、贺龙等现代中国人民所爱戴的英雄从历史上抹掉，以为这一来，他们自己就可以“永垂青史”了，这是多么荒唐可笑！林彪、“四人帮”一伙大概都相信所谓“以成败论英雄”，以为篡党也好，搞阴谋也好，叛国投敌也好，只要抢得到班，夺得权到手，当得上男皇帝或女皇帝，要未来的历史书上讲好话，还不易如反掌！可是，正当他们自以为得计的时候，天安门响起了使他们丧魂落魄的号角声，“英雄梦”也只好就此完结。

历史上一切假英雄，无论希特勒、蒋介石还是林彪、“四人帮”，无不都是先把自己摆在“超人”的地位，把自己看成生下来就与众不同。什常人，都必须是人民群众所理解、所亲近、所可企及的，才会得到读者的真正共鸣，而英雄形象也必须更靠近凡人，才会真正富于现实意义和艺术力量吧。

1980 年 6 月 6 日

建安文人中的政治派别

汉末魏初，在文学上是一个暂时繁盛的时期。所谓建安七子，便是那时候的有名的文人。曹操自己也写诗文，加以他善于笼络一般有才名的文人，所以他把许多文人（其中也有方士）都收集到自己的身边，为他效劳。建安七子除孔融之外，都是依附于曹氏的。所以鲁迅在《魏晋风度及文章与药及酒之关系》里说，孔融同其他六人其实是大不相同的，不过因为他名气最大，曹丕在《典论》中提到当时的文学家，不得不把他摆在头一个。

曹操一方面把许多文士拉到他身边，但同时，对于那些有傲气、不讲他好话的文人，却是很不放心。从他先杀孔融，后杀杨修，便充分说明曹操对政治上的反对派的容忍是很有限度的。

孔融依仗自己是孔子后代，当时又很负盛名，他不大把曹操看在眼里。而且，看来他也不大看得起依附曹操的一班文人。这一点，从祢衡口里可以知道。祢衡经常推许孔融和杨修，说“余子碌碌，莫足数也。”这不用说是包括王粲、陈琳等在内的。祢衡同孔融关系很好，他的话当然也反映孔融的观点。

孔融比祢衡、杨修大十多岁，应该说同他们是忘年之交。他们三人，在当时的文人中算是一派，即，不肯阿谀曹操的一派。祢衡虽年纪轻，但才气很大，曹操想侮辱他，叫他充当“鼓吏”，结果祢衡把衣服剥光打鼓，反而侮慢了曹操。曹操叫人去找他来，他便拿着一根大棒，坐在曹操的军营门前大骂。曹操虽然很火，骂他为“竖子”，并说“孤杀之犹鼠雀耳”，但碍于他的文名，竟不敢杀他，后来是送给了刘表，刘表又假黄祖之手把他杀掉的。现在的京剧和很多地方剧种还有《击鼓骂曹》这出戏，就演的这件事。但祢衡那时才二十四岁，不应挂胡子。还是个青年呀。挂上胡子，可能为了性格上合适一些。

杨修年纪跟祢衡不相上下，但祢衡是个平民，杨修则是洛阳的第一二名的世家，杨震的曾孙，他的父亲、祖父、曾祖父、高祖父四代都任过太尉。（东汉时，太尉是相当于宰相的官衔。）而且，都是有名的忠于汉室的名臣。他父亲杨彪在董卓作乱的时候，为了保护汉献帝，几乎死难。杨修很早就负文名，除了祢衡推崇他的话可证之外，还有曹植写给他的信，也把他同六子并列

(孔融除外)，说六人都不过著声名于一方，而杨修则是“高视于上京”，可见杨修在洛阳的影响有过于六子。曹植不但把他列入七子之内，而且认为他驾凌七子之上；这与曹丕根本不把他列入七子，态度完全不同。对于杨修这样的人才，不用说，曹操是要罗致的。所以，在建安中，曹操就任他为主簿，那时正是曹操南征北战，军事倥偬的时代，据说杨修“总知内外”，总是把事情处理得很好。

那么，杨修是很愿意替曹操办事的吗？他对曹操的态度怎样呢？我们不妨分析一下。

当时，杨修的父亲杨彪还健在；曹操在汉献帝迁都许昌，公卿会宴时，看见杨彪脸上有怒气，便连宴会也不敢参加，悄悄溜掉了。后来以杨彪跟袁术通姻为罪名，诬彪有阴谋，下狱。是孔融极力为之申辩，曹操才不得不释放出来的。此后，杨彪就一直十多年称脚挛，不任事，闲居家中。这些事，杨修会忘记吗？当然不会的。不久，孔融便被曹操杀了，祢衡也被杀了，这在杨修心头上，会没有很深的感触吗？当然也是不可能没有的。从这两点看来，杨修虽为曹操办事，不见得内心是尊敬他的；正因为这样，才常常自觉不自觉地“露才”，好像有意告诉曹操，你的本领也不过如此，什么事也瞒不过我。像“鸡肋”那桩公案，就是在这种心理下弄出来的。他有时外出，甚至告诉值班的人，曹操会来查问些什么，怎么回答。结果，曹操所查问的果然不出他之所料。这样日久了，曹操就看穿他内心的隐秘，从而产生恼恨之心。他本人是否预料到这样的后果呢？应该说也可能是预料到的，不过，他到底是一个很有点傲气的人，同孔融、祢衡是气味相投的，因而压抑不住心中的不满罢了。

杨修的被杀，还有另一个原因，那就是他同曹植关系很好，在曹丕曹植争夺权力的斗争中，他是站在曹植一面的。在邺城的时候，有一段时期，曹植有几天没与他见面，便在信上说想念得很苦；他给曹植的信也说几天不见就像一年那么长。可见他们关系的密切。有一次，曹操令曹丕和曹植分别从邺城的一个城门出去，杨修事先告诉曹植说：要是城门不开，你便把守门人杀掉，因为你是奉命出城的。结果，曹丕到了城门，门不开，他便退回去了；曹植却硬闯了出去。曹操这时已很厌恶曹植，因此，也就更加厌恶杨修。到了建安二十四年秋，终于把杨修杀掉。临死时，杨修对朋友说：我早就知道有今天了。可见，他同曹操的矛盾是愈来愈明显的，曹操最终要杀他，也是逻辑之必然。而杨修对于自己的命运并不感到意外，因为他的知己朋友孔融、祢衡早已死在他前面了。当然，陈琳也骂过曹操，并把他的父亲也骂了，但曹操终于能容忍，这更说明了曹操不是从表面看人，而是按文人中的政治派别来区别对待的。

杨修被杀后，有一天，曹操碰到杨彪，问道："杨公为何瘦得成这个样子？"杨彪回答说："愧无日磾先见之明，犹怀老牛舐犊之爱。"意思是说，我惭愧没有金日磾那样的远见，（金日磾的儿子，为汉武帝所喜欢，称为弄儿；后来渐渐长大了，有一天，金日磾遇见弄儿在殿里同宫女戏耍，他怕将来连累自己，便把弄儿杀死了。）而又还有老牛舐犊的爱子之心呀。曹操听了，很有点下不了台。

孔融常常讥讽曹操，在太岁头上动土。比方说，曹操打败袁绍，看见袁绍的媳妇甄氏长得挺漂亮，便虏掠回来给曹丕做妻子。孔融写信给曹操，其中有这样的话：武王伐纣，把妲己赐给周公旦。有一天曹操见到孔融，问他这是出自哪儿的典故，孔融说：我是以今例古，想当然罢了。这种当面的讥讽，曹操当然是受不了的。祢衡对待曹操，则又不同，他是恣意谩骂，骂个淋漓痛快。杨修和他们是一个鼻孔出气的，但他的傲气则表现得更加深沉。

为曹操翻案是可以的，但曹操也并非就没有

可以批评的方面，就在他活着的时候，也是有人批评他的。只不过那代价很大，孔融、祢衡和杨修之死就是例证。

1980 年 7 月 10 日

漫谈左右

左和右，是一对儿。有右才有左，反过来说，没有左，也就没有右。比如人的五官，鼻子是只有一个的，就无所谓左右；手，却有两只，于是乎有了左右之分，打起乒乓球来，左边和右边的打法，也不一样。

这是“近取诸身”的事情。左右的分别在身上的影响到底还不太大，但后来却应用到别的事物去了。从汉以来，官职尚右，右就吃了香；“左迁”，那是降官的称谓。李白闻王昌龄左迁，就伤感得要命，“我寄愁心与明月”，他的心竟要伴随王昌龄“到夜郎西”去了。

只有过那么一件事，左胜利了。就是当吕氏专政，周勃要起来推翻诸吕的时候，号令军中，“为吕氏右袒，为刘氏左袒”。全军都把左臂露了出来，一致拥刘，终于灭了吕氏。那时穿的大概是戏台上那种束带的衣服，没有钉上像今天的五个纽扣，把臂甩出来是容易的，因此用作表态的办法。“左袒”这个词，就是由此而来的。这种表决方法，也许比举手表决法还古老，在欧洲，法国大革命时代的雅各宾党，似乎也使用过，那时法国服式如何，我不得而知。这种表态法虽然比举手麻烦，但却显得郑重。

左右派成为改革、急进的代名词，那是在欧洲先出现的。原先也是资产阶级的玩意儿。等到无产阶级登上舞台之后，在旧世界看来，无产阶级当然是左派了。在中国，“苦迭挞”之后，“左倾”便成了最大的罪名，曾经使多少革命者的人头落地。敢说个“左”字的，能有几人？

至于右倾，那当然只能是革命队伍才使用的名词。这样，“左”、“右”就成了斗争的对立面。左也就吃香了起来。“右”成了人人怕沾的字眼。“右”的帽子，曾使几百万中国人将近二十年翻不了身。

但其实，左、右都只是一个比较空泛的概念，如果离开了实事求是，那么，从左边犯错误和从右边犯错误，都一样是危险的。拿开汽车为例，从左边翻车，未必就比从右边翻下去好一些，但尽管这样，人们宁可左，因为同右离开得愈远似乎就愈安全。于是乎有了一个潮流，叫作宁左勿右。这当然是一种畸形的思想，但却盛行了多少年！

如果一个人在走路，也实行宁左勿右的话，

那么，不消说是会愈走就离开正道愈远的。倘有人大喝一声，喂，你向中间靠一靠吧，他大概会照办的。政治上却不这样。不少人爱一个劲左下去，伊于胡底，因为在他看来，要向中间靠，那就是放弃了左，在向右靠拢了，可怕！这样，就没有了中线，“适宜”、“恰当”等字眼也从政治生活中给否定了。

林彪、江青两个帮，利用了这种畸形的心理，进一步鼓吹愈左愈好。于是爆发了极左的大灾难。这一回，甚至索性以人命为儿戏，以丧失他人的人的尊严为乐趣了——大灾难后遗症，又何止在一代人身上？捅小刀子，在马路上拦截少女加以侮辱，种种扰乱社会治安的行为，根子都得追溯到这上头来。

有一件事，我一直到现在，因别人提醒才发现，那就是，“九大”前后许多照相，林彪、江青和他们的一帮总必须坐在左边，一些老帅只能坐在右边，次次如此。实在奇怪。人类历史上有过拜物教，连照相也弄到这地步，不简直成了一种“拜左教”了吗？

大概正由于这样，所以尽管经过了十年的大灾难，宁左勿右的阴魂并不容易散去；任何东西，带上了某种“教”的意味，要改变就不容易了。

现在不是要大力进行经济上的调整吗？这调

整，就是为多少年来过了头的东西做纠正的工作。政治上过了头，伤的是人；经济上过了头，还得造成国家的经济危机。只有“退够”。退回到正路上来，才能稳步前进。这叫做正，不是右。但正像有一幅漫画所画的那样，两只眼都长在左边的人，总把正的东西叫作右。这种畸形的眼睛，也到了自己调整调整的时候了吧。

宁左勿右害了国家，害了人民，但决不能说：那么，宁右勿左大概是好的。物极必反，但物反不要必极，像文艺上，过去不给写恋爱不好，一反过来，就什么都得有恋爱才时尚，怪不得中学生要写信给报社叫苦了。当然，我意思不是说写恋爱是右，但生活并非只给作家提供恋爱的材料，比方说，除了爱情之外，还有爱国。在当前，非常迫切需要对青少年进行爱国主义的教育，文艺也是有责任的。

我真希望，人们能不再在左右两个字上兜圈子或走纲线，那办法，便是实事求是，便是讲科学。

【原载 1981 年第 6 期《广西文学》】